活

～何でもシますから挿入れてください！

著：布施はるか

画：DAIKICHI

原作：黒雛

オトナ文庫

十文字 亜由美
じゅうもんじ あゆみ
『このわたしがっ、こんな目に遭うなんてっ！く、悔しい……!!』
著名な経営学者を父に持ち、自身もすべての面に秀でた才媛。すでにいくつもの内定を獲得しているが、フェイグルス社には特別な憧れがあり、入社を強く希望している。文句なしに美しい外見を誇るが男性との交際経験はなく、処女。

片倉 由貴
かたくらゆき
『本物のセックスって……、
とてつもなくエッチなもの
だった……なんて……！』

プログラミング技術に長けたリケジョ。人見知りで、面と向かうとおどおどした態度になってしまうが、SNSなどのネットに頻繁に書き込みをするオタク気質もある。毎日オナニーに耽るほど性的なことに興味津々だが、実体験はなく処女。

山玉 雅彦
やまたま まさひこ

外資系の一流IT企業「フェイグルス社」に勤務する36歳。見た目も性格も不細工な上司の娘と結婚したことで出世し、特別推薦枠就活生の面接官に抜擢された。

目次

プロローグ　エイプリルフールの憂鬱 —— 5
第一章　極上の就活女子大生 —— 11
第二章　十文字亜由美 —— 79
第三章　片倉由貴 —— 129
第四章　亜由美と由貴の裏就活 —— 185
エピローグ　パーフェクトウィンの美酒 —— 248

〜何でもシますから
裏就活
挿入れてください！

プロローグ
エイプリルフールの憂鬱

「なっ⁉　なっ、なっ、なにいいぃいぃいぃーっ⁉」

俺は思わず大きな声をあげてしまった。

途端に、オフィスにいる同僚達の視線が集中する。ハッと我に返った俺は、手にしていたスマホを耳もとへ押し当て、咄嗟に捲し立てた。

「そ、そんなことは、自分でなんとかしろ！　引継ぎはキッチリ済ませたはずだぞっ？　だいたい、俺はもう人事部の人間なんだからな。そんなことでいちいち泣きついてくるようじゃ、査定に響くぞ？　しっかりしろっ。いいな？」

それだけ言うと、俺はスマホを握る手を無造作に机の上へ投げだす。「ふぅ……。やれやれ……」とばかりの表情を作り、肩を竦める。

その甲斐あって、同僚達はすぐに俺への興味を失い、自分の仕事に戻った。

まったく、「やれやれ……」だ。そう思う間も、俺の目は手にしたスマホの画面に釘づけだった。そこには、一分前に読んだメールの文面が映しだされている。

そう。俺は電話をしていたわけじゃなかった。突然届いたメールの内容に驚愕して迂闊にも大声をあげてしまったため、ごまかそうとして一芝居打ったのだ。

俺は、山玉雅彦《やまたままさひこ》。今をときめく国際ＩＴ企業〈フェイグルス〉の日本支社に勤めるサラリーマンだ。

本日4月1日付で営業部から人事部へ異動になった俺は、係長から部長補佐へと出世した。三十代半ばでこのポジションは、なかなか悪くない。五年前、出世のためと割りきって上司の娘であるブサイク女と結婚した俺の選択は、間違っていなかったようだ。

……と、ついさっきまでは思っていた……のだが……。

メールの差出人は、妻だった。俺は、あらためて文面を読み返す。

ダーリンへ♥

ゆーべもダンナがヘンタイサイト見ながらシコってたよ！

マジキモい!!

ロクくんの言うとおり、あんなサエない男は性欲持つ資格ないよね！！！

マジで、犯罪者予備軍って言い方、ピッタリだよ！

ロボットみたいに何も考えないでただ働いて、ＡＴＭだけやってればいいのにね!!

てことで、来週もいっぱいエッチしようね～♪
ダンナには絶対しないような凄いテクで、また、ぜ～んぶ搾り取ってあげるよ♥
ロクくんのアモーレより♥♥♥

一見して、俺宛でないのは確実だ。

今日はエイプリルフールだが、妻にこんなジョークのセンスはない。そもそもジョークになっていない。俺への嫌がらせのウソにしても唐突すぎる。とすれば……。

十中八九、これは間違いメールだろう。

妻が……、あのブサイク女が、誰か俺の知らない男に向けて書いたものだ……！

俺の頭はしだいにまっ白になり、体は妙に火照って汗が滲み、全身がガクガクと震え始めてきやがった……。

「ア……、ア、アイツッ、浮気してたのか⁉　あんなブサイクのクセに……！〈ロクくん〉って、誰だ……？」

俺は頭を垂れてパソコンの画面に見入るふりをし、今朝同僚になったばかりの連中から懸命に表情を隠す。

こんなみっともない姿は誰にも見せられない。配属されたばかりの今の部署に、何もかも打ち明けて相談できる仲間なんていない。競争の激しい以前の部署では、なおさらだ。そもそも、この会社に……、いや、この会社どころか、この世のどこにもいない。こんな情けない話、学生時代の友人にも、もちろん親にも言えるはずがない。

俺は孤独だった……。

しばらく呆然としていた俺は、トイレに行くふりをして席を立ち、その足で無人の会議室へと忍び込んだ。

怒りに震える指で妻に電話をかける。先ほどのメールについて問い詰めたのだが、妻はたいして驚きもせず、ふてぶてしい態度で言い返してきた。

曰く「恋人くらい作ってもいいじゃない。離婚してもいいけど、あんたの経歴に傷がつくよ?」。

俺は反論する気力も失い、黙って電話を切った。途端に下半身の踏ん張りが利かなくなり、無様にも床に這いつくばってしまう。

「はあっ、はあっ、はあ……。クッ、クッソオオオォォッ!」

吐き気混じりの荒い息をつきながら、俺は自分自身への呪いの言葉を延々と堂々巡りさせた。

所詮、俺は〈勉強バカ〉だ。ペーパーテストの点数がいいだけの、社会で活躍できない不器用な人間……。

　フェイグルスに入社した時、俺はその悲しい事実に気づいてしまった。

　学生時代はトップクラスの秀才だった俺だが、フェイグルスには俺以上の秀才・天才が掃いて捨てるほどいた。そして彼らは、俺よりも遙かに有能だった。人間的魅力にも溢れていて、その情熱、親近感、度胸、創造性などを生かして、堅実に仕事を進めていく。

　片や俺は、まるで床に落とした電卓のように頻繁にバグりつつ……、言われたことを言われたままに、ただ単純にこなしていくことしかできなかった。

　最初のうち、俺は自己正当化にドップリと浸かり、同期の連中を心の中で人格攻撃しては、この世は理不尽なものだと憎悪した。

　だが、いつしか、自己正当化してもなんの得もないと気づき、たまたま上司から縁談を持ちかけられたのを機に、「等身大の自分を直視しよう」と思い直した。

　その縁談にしても、顔以上に性格がブサイクな娘を持て余した上司から強引に押しつけられたようなものだ。出世を餌に。あとから聞いた話では、俺のほかにも何人かに声をかけたらしい。けれど、承諾したのは俺ひとりだったそうだ。

　そうして俺は、肥大化したプライドを捨て、「俺にはこの程度のブサイクな妻がお似合いだ」と腹を括って人生観を軌道修正した……はずだった。

「だけど……、俺はまだ間違っていたのか……!?」

そもそも、強引に自分を納得させてまで結婚しないほうがよかったのか？

でも、そうでもしないと、俺は一生、シロウトとセックスなんてできそうになかったんだし……！　実際、顔も性格もブサイクな妻だが、唯一身体だけはそこそこだった。あれでせめて性格が人並みなら、俺も納得ずくで妻を抱いただろう。

そうであったら、こんなことには……。

……って、俺はセックスのためだけに結婚したのか!?

いや、もちろんそれだけじゃないが、それはそれで人生において何より大事なことではあるし！

で、でも結局、俺よりも間男のほうが〈ダンナには絶対しないような凄いテク〉なんか味わったりして、全然イイ思いをしてて……!!

込み上げる感情のまま、俺は天井を振り仰いだ。

「ああ～っ！　いったいなんなんだ、俺の人生は!?　勉強を頑張れば、成績がよければ、いい会社に入れれば、それは〈勝ち組〉だなんてウソっぱちじゃないか!!」

誰もいない寒々しい会議室で、熱い悔し涙をドクドクと流しつつ、俺は虚しい独り言を叫び続ける。

「死ね！　死ねっ！　死ね死ね死ね死ねぇぇぇあぁぁーっ!!　誰も彼もっ、俺もっ、何もかもっ、この世の生きとし生けるもの、みんな死んでしまえぇぇ～っ!!」

第一章 極上の就活女子大生

フェイグルス社はアメリカ発の世界的な大企業だが、日本上陸の際にはローカライズの失敗によって苦戦を強いられた。

その反省から日本支社だけは、日本の企業風土を尊重することで成長に乗せた、グローバルＩＴ企業としては珍しく保守的な会社だ。故に、外資系特有の合理主義かつ能力主義だけでない、特異な企業形態を持つに至っている。

俺が新卒入社したのは、ちょうどフェイグルスが方針転換した年で、就職氷河期のまっただ中。そんな時期に、日本では苦戦していても世界に名の知れた大企業へ就職できたのは、それまで〈勉強バカ〉として恋人どころか友人もろくにいない人生を歩んできた俺の〈大勝利〉だと思っていた。

けれど、十数年後の今、俺は勝ち組の中の負け組であることを痛感していた……。

「ふう……。何もかも面倒だ……」

先週の金曜日に俺の新しい直属の上司となった人事部長は、「まずは小手調べ的な簡単な仕事を任せる」と言ってきた。それは、特別推薦枠でエントリーしてきている、来年卒業見込みの大学生達の面接だ。

人事部長曰く「GW前までに面接の評価を報告せよ」とのことだった。

特別推薦の学生達は皆、大学が太鼓判を押す優等生ばかりで、面接はほとんど形だけのものである。要するに、来年の採用は間違いない学生達を一応手続き的に面接して、何か問題があれば言え、という程度のことである。

俺が面接する特別推薦枠の学生はふたり。にもかかわらず期限が一カ月ほどあるのは、肩書は部長補佐でも人事部では新人である俺が仕事を覚えるための期間を兼ねているからだ。加えて、すでに採用確実な特別推薦の学生に、俺がどんな評価を下すのか……、そこも試されているのだろう。単に〈問題なし〉としたり、重箱の隅をつついて欠点を見つけることを望まれているわけではない。

人事部長は、営業部時代の俺の上司……、つまり俺の妻の父親と同期で、かねてから俺のことを買ってくれていた社内では数少ない人物である。それでも、営業部から引き抜いてもらうまでに何年もかかった。ブサイクな妻との結婚がなければ、さらに時間がかかったことだろう。

そうしてようやく出世したものの、俺はその初日から躓《つまず》いてしまっていた。

妻の不倫の発覚によって……。

いっそ、知らないでいられたほうがよかったのか……？　いや、実質仮面夫婦だったとしても〈知らぬは夫ばかりなり〉なんてマヌケすぎる。

俺は息苦しく重苦しい思いで週末を過ごした。その間、妻は一応食事を作ってくれた。ただし、冷凍食品をチンしただけのシロモノだ。もっとも、もともと妻は料理が不得意で、我が家での食事は常にそうしたものばかりだった。さらに言えば、その冷凍食品を妻が一緒に食べることはほとんどなかった。

いずれにしろ、不倫の発覚で俺のことを単なる〈生きたATM〉と完全に割りきった妻は、必要最低限しか関わってこなくなった。俺自身も、口論などをする気力はなく、ただ黙々と食事を終えて、機械的に手足を動かし、無感情なロボットのように出勤した。

とはいえ、この人事部のオフィスでは体裁を繕って笑顔を作ったりしているので、同僚達は俺の異変に気づいていないようだ。

「やれやれ……。そろそろ面接の時間だな……」

部長から与えられたのは、確かに簡単な仕事だ。けれど、気力がまったく湧いてこない俺にはとてつもなく面倒な作業に思えた。本当はなるべく誰とも会話したくないのだが、俺ひとりで〈学生と一対一で面接せよ〉という命令なので、仕方がない。

俺は重い腰をなんとか上げて、のったりした足取りで面接室へと向かった。

「わたしは、最高のステージで、世界のトップレベルの仕事がしたいんです。ですから、名実ともにソーシャルネットワークの世界ナンバーワン企業である御社でなければ、就職する意味もないと考えています」

スラリと伸びた脚を颯爽と組んでソファに座る面接学生が言う。

俺は、その学生……、その美しい娘に目を奪われ、心の中で「うおおぉぉぉ……！」と歓喜の雄叫びをあげていた。

彼女の名は十文字《じゅうもんじ》亜由美《あゆみ》。世界的に著名な経営学者を父に持つ才女であると同時に、闇に沈みきっていた俺の心を一気に燃え立たせるほどの超S級のイイ女だ！

エントリーシートに貼られた写真と詳細に記された履歴は、もちろん俺も事前に目を通していた。でも、やはり面と向かって間近で見るのとではインパクトが違う。

しかも、自信満々で野心的な言葉が似合って

しまう、牝豹のような存在感!!　さらに、フェイグルスに特別推薦されるほどの知性と女優ばりの美貌と、ただ見てるだけで射精してしまいそうな強烈ボディを兼ね備えているなんて……!!

なんて罪深い組み合わせなんだ！　この、気の強そうな物腰、ゾクゾクするな!!　俺の下に組み敷いて従順にさせてやりたいぞ！　ガチンガチンに反り返ったチンポの先でヌルヌルのワレメをまさぐって焦らして、「なんでもシますから、入れて下さい！」と懇願させてやりたいぞ!!

面接のまっ最中だというのに、俺の頭は淫らで邪《よこしま》な欲望で満たされてしまい、ほとんど推薦書の記述を確認するだけの、単純な質問しかできなくなってしまった。

だがまあ……、ほぼ形だけの面接なのだし、これでいいのだろう。

人格的な問題もないようだし、採用は99パーセント決まりだ。となれば、この際少しは役得を味わっても……、このささくれ立った心を癒すために、会話を楽しむのもいいかもしれない。そう。彼女にリラックスしてもらうために雑談をするのも、俺の仕事だろう。

「ところで、十文字さん。何か得意なスポーツはあるかい？」

「スポーツならなんでも得意ですけど……、昨年、セント・アンドリュートで父の指導を受けてから、ゴルフの腕が一段と上がった気がします」

こともなげに言う彼女に、俺は「ぐわっ⁉」とのけ反りそうになった。

得意なスポーツにゴルフを挙げるのもさることながら、〈セント・アンドリュート〉といえば俺のような庶民でも名前を知ってる海外の超名門コース。

ケッ！　苦労知らずの鼻持ちならないお嬢様が……‼

心の中で悪態をつきつつ、それを表に出さないよう気をつけて、俺は頷く。

「そうなんだ……」

頷いた拍子に、俺は彼女の……、亜由美のリクルートスーツのバストに目を止めた。

亜由美はセンターが豪勢にフリルで飾られたブラウスを着ていた。お蔭で胸の起伏が目立たないようになっているのだが、それは胸もとに限った話だ。

タイトなリクルートスーツで強調されているのはシルエットだけじゃない。ブラウスのフリルがない両胸の外側半分は、スーツの生地を見事に盛り上げ、魅惑的な曲線を描いていた。だからつい、俺は軽口を……、それこそちょっとしたジョークを口にしてしまう。

「でも、クラブを振る時に胸がジャマになったりしない？　それだけ大きいと……、さ。ハハッ。それにこう……、スイングした瞬間にオッパイ揉まれたような気分になって、感じちゃったりしないのかな？　ムフフッ！」

瞬間、亜由美の顔に嫌悪の表情が浮かんだ。「ふう……」というカンジの軽蔑のため息も洩らしたかと思うと、その切れ長の目が絶対零度の氷柱《つらら》のような凍てついた視線を俺に投げかけてきた。そして、口の端に不敵な冷笑を湛えて言う。

「フンッ。今のは、聞かなかったことにしておいてあげますわ」

その表情、その態度、その眼差し、その口調が、俺を憤激させた。

な、な、なんだとっ⁉　面接を受けさせてもらっている立場のくせに、その高慢ちきな言い種《ぐさ》はなんだっ⁉　ふざけるなぁぁっ！

……と、口に出して叫ぶわけにもいかず、俺は苦悶に身震いして小さく喘いだ。

お、俺は、大人の小粋なトークで場を和ませて、リラックスさせてやろうとしただけなのに！　俺の気も知らないで……。このバカ女！　バカバカバカ‼　うぐうぅ……！

まるで分別のないガキそのものだ。それは自分でもわかっている。けれど、妻の不倫発覚以降ようやくほんのり和みかけた心が、ひとまわりも年下の高慢ちきな女のせいで今まで以上の苛烈な炎に包まれていく。羞恥と劣等感の炎が、俺を焼き殺そうとしている！

ギリリと奥歯を噛み締めつつ、半ば必死に激情を抑え込む。

「そ……、それでは今日は、これで……。後日また、あらためて連絡させてもらいます」

十文字亜由美の面接をなんとか終わらせた俺は、彼女が部屋を出ていくなり腹の底で煮えくり返っていた熱い息をドッと吐きだした。

このまま仕事を放りだして家に帰りたいところだが、こんな精神状態でブサイク妻と顔を合わせるのも嫌だし、自分の家で間男と鉢合わせなんてしたらシャレにならない。

面接予定者は、もうひとりいる。次の学生は、亜由美と違って技術部門志望。ＩＴ企業にとって欠かせない人材となるはずだ。予定をキャンセルするわけにもいかないだろう。

　俺は気を取り直して、次の面接学生を迎えた。

　室内に入ってきた片倉《かたくら》由貴《ゆき》は、先ほどの亜由美とは対照的に、いかにも気弱そうな妙にオドオドとした様子のメガネっ娘《こ》だった。

「ほ……、本当に、御社のソーシャルネットワークサービスには、心から感謝しているんです……。それで、どうしても……、あの、入社させて、いただきたいと……」

　ピタリと閉ざした両腿の上に両手を乗せ、指先でリクルートスーツの袖を弄びながら、彼女は言った。その伏し目がちな瞳は、面接官である俺を見ようともせずに忙《せわ》しなく泳ぎまくっている。

　やれやれ……。就職指導でまっ先に教わることもできないのか……。こりゃあ、気が弱いと

いうよりも極度の人見知りなのかもな。

だが彼女は、この若さで、日本でも屈指のプログラミング能力を持っていると聞く。その能力の高さがあれば、就職先は引《ひ》く手数多《てあまた》。フェイグルスとしては、ライバル企業に取られる前に是が非でも確保したい逸材というわけだ。

ただ、性格の面では、やや難がありそうだ。リアルな場での他人とのコミュニケーションが苦手のようだし、さっきのSNS発言も、それが理由だと容易に想像がつく。

まあ、気が弱かろうが極度の人見知りだろうが、真面目で責任感は強そうだし、この娘も採用は99パーセント決まりだろう。

オマケに……。俺は、目の前に座るメガネっ娘をじっくりと眺めた。

この娘も、亜由美に負けず劣らずの美貌とボディの持ち主だ。特に、身にまとう堅物っぽい雰囲気と、スーツのバストをこれでもかと盛り上げている、はち切れんばかりの大巨乳とのギャップが堪らないな!! トランクスの中で我慢汁が滲んで止まらないぞ!

今度こそ、ちょっぴり小粋なオトナのトークを楽しませてもらおうじゃないか。あの生意気な亜由美とは違って、この娘なら俺を癒してくれるはずだ……。

俺は頃合いを見計らって口を開く。

「片倉さん、そんなに緊張しなくていいんだよ? わたしも、フェイグルスの面接官という肩書きさえなければ、ただの普通のオジサンにすぎないんだからね。むしろ、あなたのような、若くて綺麗な才女と一対一で向き合ってるわたしのほうが、コチコチに強張らなきゃおかしいくらいだよ。ハハッ！」

俺の言葉に、由貴は一瞬ビクリとしてから慌てて応じた。

「い……いえっ。そんな……、そんな……！　わたし、そんな立派な人間では……！」

まさに亜由美とは大違いだ。親近感が増してきたぞ。

そんなわけで、俺は軽いジョークを披露する。

「まあ、別の意味で、体の一部がカチカチに硬くなってはいるけどね。フフフ……」

「え……？　えっ⁉」

いったんキョトンとした由貴が、困惑と羞恥を浮かべた瞳をオズオズと俺の股間に向けた。言葉の意味はわかっているようだ。

ますますいいね。俺はすっかりいい気分になった。

「ん……？　何を驚いているんだい？　連日のハードワークで、肩や背中が凝ってカチカチだって意味なんだけど？　フヒヒッ！」

ジョークを飛ばしつつ腰を上げ、由貴の隣に座って、その肩にそっと手を置く。

「ひ……⁉」

途端に、由貴はギョッとした様子で身を竦めた。巨大バストがブルルンッと派手に揺れる光景を拝めたのは僥倖《ぎょうこう》だが、まるでおぞましい痴漢に触られたかのような反応だ。

な、な、なんて失礼な小娘なんだっ！　お、俺の、ハリウッド俳優ばりの気さくで洗練されたボディタッチを……！

もちろん、そんなことを声に出せるはずもなく、代わりに俺の口から出たのは露骨に動揺した言い訳だった。

「キ、キミも、肩が凝ってるんじゃないのかい？　ぼ、僕がほぐしてあげよう……って、そういう厚意で触ってるんであって、決して他意は……！」

ああ……！　なんて情けないセリフだ!!　面接官にあるまじき失態！　くうっ!!　こ、この小娘が失礼な態度を取るから、会話のペースが乱れてしまったんだ！　おのれぃっ!!

かすかに震える俺の手を、メガネレンズの奥から不信感満々の眼差しが見つめている。

「あ……あの、お……、お気持ちだけ、ありがたく、いただいておきますから……」

そう言って、さり気なくスススッと身を離していく由貴。

な、なんだ、その態度は!?　まるで俺が悪者みたいじゃないか！　くうぅ……！　は、腸《はらわた》が煮えくり返る……！　心の底で抑えていた憎悪が、劣等感が、再び鎌首をもたげた。

ああっ！　散弾銃がほしい！　それを握って外に飛びだして、そこらを歩いてる奴ら全員にムチャクチャにぶっ放して、ズタズタの肉片にしてやりたいっ!!

危険な妄想が脳裏をよぎった。映画やゲームの影響を受けまくっているのは自覚しているが、それでも俺の呪詛は留まることを知らない。

死ね！　死ねっ！　死ね死ね死ね死ね死ねぇぇぇーっ‼　今すぐ地球が爆発してしまえ！　この世の苦痛も幸福も、すべて消滅してしまえぇぇーっ‼

俺は再び腰を上げて由貴の向かいにあるソファに座り直し、体内に渦巻く激情とは裏腹の力ない言葉を口にした。

「で、では、今日はこれで……。後日また連絡します……」

その日の夜、華やかなネオンに彩られた歓楽街を孤独な千鳥足で彷徨《さまよ》いながら、俺は昼間の面接を頭の中で際限なくリピート再生していた。

「あ、あんな小娘達に、あんなナメた態度を取られて……、俺って……、俺の人生って、いったい……」

そんな嘆きを吐き、再生途中に繰り返し割り込むノイズのように、先ほど味わったバーボンのキツい舌触りを何度も思い返した。

「あんな強烈な酒……、初めてだ……」

ついさっきまでいた行きつけのバーで、俺は「ドン底からの絶叫のような、痛切な味わいの酒をくれ」という変に気取ったようなオーダーをしてしまった。

ありがたいことにマスターは冷笑することもなく、黙って一杯のバーボンを出してくれた。一口含んだだけで口の中の皮が焼けて剥けそうな痛烈な舌触りは、確かに俺の要望どおりのものだった。そして、そのインパクトで俺は感涙に咽び、「世の中にはこんな酒を造る人もいるのだ」と「攻撃的で苛烈な刺激も、娯楽に変換できるのだ」と、つくづく思い知らされた。

いや、〈娯楽〉というより、〈救い〉だろうか……。そこで俺は、はたと気づく。

「そうか……。就職してからの十何年の間、すっかり忘れてたけど、人生ってのは快感を味わうためにあるんだ……」

アルコール度数57度の苛烈なバーボンでほぐされた俺の心は、新たな道を切り拓く柔軟性を得た。

「そうさっ。あの酒のように、熱く激しく、心地よく……。そうでないと、生きる意味なんてないっ！　もう、〈生けるATM〉なんてやめてやるぅぅっ!!」

喚き散らす俺へ、目の前のラブホテルに入ろうとしていたカップルが驚きと不快の視線を向けてくる。けれど、柔軟化した俺の心は、その視線を柳に風と受け流した。

「これからは、たとえ破滅しようと欲望に忠実に生きよう！　太く短く、快楽を追求して行動するんだっ!!」

夜空に向かって叫びながら、俺は、亜由美と由貴を頭の中ですっ裸にして、そのグラマラスな肉体を四方八方から眺めまわす。

「ケケケッ！　あのふたりをヤり倒して、肉体開発して、身も心も俺の虜にしてやるうううぅーっ‼　ウチのクサレアバズレ妻を見返してやるぞおぉっ！」

俺は、未だかつて味わったことのない熱い高揚感に胸を震わせ、漆黒の空に向けて決意の拳を突き上げた。

それは、長い長い間、溜め込み積もらせていた凶暴なまでの欲求不満の噴火口が、ついに開かれた瞬間だった。

＊　＊　＊

火曜日の朝、俺はスーツケースとキャリーバッグを手に家を出た。

妻には、「仕事の都合で今月いっぱいビジネスホテルに泊まり込む」と告げた。妻の返事は「あっそ」の一言だけ。

一カ月の間、厄介払いができて不倫相手との逢瀬を存分に堪能できる……。妻がそう考えているのは、お見通しだ。

クソッ！　今に見てろよっ‼

俺は決意を秘めた足取りで会社近くのビジネスホテルにチェックインを済ませ、荷物を置いて出社した。

そうして、夕方まで部長の指示のもと、人事部の通常業務に勤《いそ》しんだ。

日本の企業風土を尊重するフェイグルスも外資系先進企業の常として、夕方五時をすぎれば皆さっさと帰ってしまい、オフィスはあっという間に無人になる。

その、五時すぎの貸しきり状態の人事部オフィスに、俺は亜由美を呼びだした。

昼間、エントリーシートに記載されていたメールアドレス宛に「重要な知らせがあるので、今日の夕方、オフィスに来てほしい」とメールを送っておいたのだ。

案の定、亜由美は指定した時間どおりに会社へやってきた。

しんと静まり返ったオフィスで、俺は自分のデスクの傍に亜由美を招き寄せる。そうして、生真面目な表情で単刀直入に話を進めた。

昨夜の強烈な酒に酔った勢いで考えた計画どおりに、一芝居打ったのだ。目の前に立つ高慢ちきなお嬢様の顔が、驚きと憤りで見る見る紅潮していった。

「そっ、そんな理不尽な理由で不採用だなんて！　そんなこと、本当にあるんですか⁉」

ヒステリックな声がオフィスに響き渡る。

まあ、当然だな。こういう状況も含めて、今の、この貸しきり状態のオフィスはとても都合がよかった。そもそも会社以外の場所に呼びだすと警戒されるかもしれないし、ふたりきりで秘密の話を……、「このままでは、キミは不採用になる」という俺のウソ話を信じ込ませるには、この舞台が必要だった。

「まだ学生のキミには納得できないのも無理もない。だが、社会とは理不尽で非情なもので、こういったことは当たり前にあるんだ」

いったん言葉を切り、俺はわずかに表情を和らげる。

「だが、わたしは不採用を伝えるためにキミを呼びだしたわけじゃない。キミのような有益な人材には、ぜひ入社してほしい。そこで、相談に乗ろうと思っているんだ。理不尽なことには、やはり怒りを覚えるしね」

その言葉に、亜由美は少し間を置いてから口を開いた。

「本当ですか?」

俺を見据える彼女の瞳が「下心があるんでしょう?」と言っている。そんなことは想定内だ。事前のシミュレーションどおりに対応する俺。

「うーむ……。疑われてしまうのも仕方がないか……。面接の時には失礼なことを言ってしまって、本当にすまなかった」

イスから立ち上がった俺は深々と頭を下げた。亜由美が洩らした「あ……」という声を聞きながら、俺は顔を上げずに喉の奥から掠れた声を絞りだす。

「じ、実は……、あの前日に妻の浮気が発覚して……、女性不信な、ヤケっぱちな気持ちになっていたんだ。それで思わず、あんなセクハラ発言を……」

「あら……」

「とはいえ、社会人としてあるまじきことで、もう信用などしてはもらえないかもしれないが……、できれば、キミに協力させてもらいたいんだ」

しおらしく、心苦しい様を装うのは、さほど難しいことではない。妻の浮気のせいで平常心を失っていたのは事実なのだし、今は明確な目的があるのだから。そのためになら、どんな無様な姿をさらしても全然平気だ。

「わたしに下心がないとは言わない。だがそれは、キミのような美女に〈感謝されたい〉という気持ちなんだ。妻に裏切られたわたしは、プライドを回復するための道具としてキミを利用しているのかもしれない……。だが……」

「セクハラのことは、もういいです。顔を上げて下さい。あまり弁解が長いと、男性としての価値が下がりますよ？」

「そ、そうかい？」

俺がようやく顔を上げると、亜由美は爽やかな微笑を湛えていた。

「はい。ともあれ、率直にお話ししていただいて安心しました。あなたのような人間味のある方にフォローしていただけて、嬉しいです」

おおっ!! 釣り針にひっかかったな！ バカめぇっ!! 小躍りしたくなる衝動を抑え込み、とはいえ、ある程度は嬉しさを表情に出して俺はじっと亜由美を見つめる。

「そうかっ。それじゃあ、キミの入社のために協力をさせてもらってもいいのかな？」

「もちろん、ぜひ。よろしくお願いします。面接でも言ったとおり、わたしも、このフェイグルスに絶対に入社したいんですから」

小娘が針をパックリと咥え込みやがった！　これからじっくりと引き上げて、丁寧に料理してやるぞっ。

「おおっ、そうか！　それじゃあ、これからよろしく頼むよ」

油断すると、ついつい下卑た笑みがこぼれそうになる。それを懸命に堪えて紳士の振る舞いに徹した俺は、今後のことについていくつか説明しただけで、陽のあるうちに亜由美を帰宅させた。

＊　＊　＊

亜由美を引っかけた翌日、俺は、今度は由貴を呼びだした。昨日と同様に、夕方の五時に、だ。何も知らずにノコノコやってきた由貴はいくらか戸惑っていたが、オフィスにいたのが俺ひとりだけだからか、面接の時より緊張は少ないようだった。

まったく……！　どんだけ人見知りなんだよ。

とにもかくにも、俺は由貴にも誠実ぶってセクハラを謝罪し、妻の浮気に苦しんでいると打ち明けてみた。すると、俺はすっかり同情されてしまい、簡単に赦してもらえた。

そうして俺は、由貴用に考えたウソ話を始める。亜由美の時と同じで、フェイグルスとして採用に二の足を踏んでいる……といったようなことだ。

俺の話を聞き終えると、メガネレンズの奥で不安げな瞳を揺らす由貴が言う。

「あ……、ああ……。や……、やっぱり……、ＳＮＳでの発言の記録は……、企業にチェック……されるんですね」

「そうなんだよ……。公共の場で迂闊な発言をするような人は採用したくないからね」

もちろん、それはウソである。一学生のネット上での発言やアピールなんて、よほどのことがない限り、いちいち詳細になんて見ていられない。まして由貴のＳＮＳでの発言頻度は尋常ではないほどなのだ。典型的なネット弁慶らしい。

ちなみに、亜由美の時には、上層部に彼女の父親の著書を猛烈に嫌っている人物がいるという理由をでっち上げた。世界的に大ヒットした経営管理に関する著書だ。亜由美はこの理由を疑わなかった。成功者は常に妬まれるものだと、身をもって知っているようだ。

それはともかく……。

「で……、でも……、わたし、社会批判とか、酷い悪口とか……、そういった発言をした憶えは……、な……、ないんです……けど……」

「うむ。キミの発言自体は悪いものではないとわたしも思う。ただ、上層部の、ある人のコンプレックスを強く刺激してしまったようなんだ」

俺はまたウソをついた。

「コ……、コンプレックス……？　あ……。あの時の、学歴の話題……かなぁ……？　それとも、メタボのこと……かなぁ……？」

心配性の由貴は原因を勝手に想像して、俺のウソに対して自ら無意識に説得力を持たせていた。いいカンジにドツボにハマりつつある。

いいぞいいぞ。俺の思惑どおりだ。

「まあ、そのことは気にしなくていいよ。キミの人格には何も問題ないと思う。ただ、その上司が異常に器が小さいだけなんだ」

「そ……、そう……なんでしょうか……？」

「きっとそうだよ。だけど、ただその人の機嫌を取ればいいというほど事態は簡単じゃあない。その人も、もっともらしい建て前を使ってキミを妨害するだろうから、こちらもそれに応じた手段を随時考えていかないと、なっ」

俺が励ますように力強く告げても、由貴はオドオドするばかり。

「そ……、それって……、つまり、わたしはどうすれば……いいんでしょうか……？」

「うーん。今は具体的にどうしろとは言えないな……。今後、状況に応じて、わたしがいろいろ手段を考えて、キミに提案していくつもりだ。だから、キミをたびたび呼びだすことになるだろう。キミはそれに応じてくれれば、それでいい」

「な……、なんだか凄く受け身で……、しかも、お手数をおかけしてしまって……、も……、申し訳ないんですけど……」

「いや、いいんだよ。さっきも言ったけど、わたし自身も上司の理不尽さには腹が立ってるし……。手段が決まれば、キミにも行動してもらうことになるだろうしね」

精いっぱいの優しい微笑みを作ってそう言うと、由貴は俺への信頼と安心感を窺わせる笑顔を見せた。

「そ……、それじゃあ、よろしくお願いします……！　わ……、わたし、このフェイグルスに、どうしても入社したいんです……!!」

「ああ。こちらこそ、よろしく頼むよ」

俺は声をあげて笑いだしたくなるのを必死に堪えて頷く。

これで、二匹とも針にかかった。特別推薦の優等生とはいえ、所詮は小娘だ。

感激した様子で何度も頭を下げる由貴を帰宅させた俺は、ひとりきりになったオフィスで今後の展開をいろいろと考える。

亜由美と由貴の〈肉体開発期間〉は4月27日までだ。その間に、ふたりを俺の言いなりにさせなくてはならない。なぜなら、遅くともGW連休前日の今月28日には、ふたりの評価を部長に報告しなくてはならないからだ。

すべては、ふたりの人事に俺が関与できるうちに終わらせなくてはならない。故に、肉体開発を行えるのは、およそ三週間。ただし土日は除くから、実質15日間だ。

「亜由美にしろ由貴にしろ、当面、呼びだすのは平日の会社にしないとな。会社以外の場所や、週末の休みに呼びだしたら、ふたりの警戒心がぶり返しかねないしな……」

肉体開発は平日に会社で行うのだから、時間的・労力的に一日にひとりずつしかできない。だから、ふたりのスケジュールを確認しつつ、明日から早速始めよう。

「フフフ……。ヘンタイサイトに十年以上も入りびたってきたこの俺の、エゲツないテクニックをふたりの肉体に炸裂させてやるぞ……！」

今となっては、妻のメールのあの一文〈ダンナには絶対しないような凄いテクで……〉の気持ちがよくわかる。

考えてみれば、俺だって妻相手にろくにテクニックを使った記憶がない。俺は妻を愛してはいなかったたし、妻にしてもそうだ。この五年間、俺達はお互いに、セックスで相手を悦ばそうなどと考えたこともなかった。

セックスで屈服させてやろうとさえ思わなかったのだ。

それが今、亜由美と由貴には、全力でテクニックを駆使しようと心を燃やしている。あのナイスな肉体を悦ばせ、俺に屈服させてやるのだと股間を熱くしている。

こんなこと、以前の俺なら妄想こそすれど、リアルで実行しようなんて思いもしなかった……。

でも、今の俺は、もう以前の俺じゃない。そう。エイプリルフールのあの日に、すべて

は劇的に変わってしまったのだ！　あのブサイク妻のっ、あのアバズレ妻のっ、あのクサレ妻のせいでっ‼

「クックックッ。後悔させてやるぞ……。あのクサレ妻に、俺がどれだけ凄い男なのか思い知らせてやるっ！」

唇を歪めて笑った俺は、明日から眼前で展開されるであろう、ふたりの極上就活女子大生の痴態を想像して全身を熱く火照らすのだった。

＊　　＊　　＊

木曜の就業時間終了後、いつもどおり貸しきり状態になったオフィスに亜由美がやってきた。まずは亜由美から手をつけてやろうと、呼びだしメールを送っておいたのだ。

挨拶もそこそこに、ひとりで待っていた俺の前に立つ亜由美。

さあ、これからが勝負だ。開口一番、俺は言ってやる。

「あれから、いろいろと検討してみたんだが……、結局、手段はひとつしかないな」

「どんな手段ですか？」

「うむ。胡散臭く聞こえるかもしれないが、あくまで真剣なものだから、そのつもりで聞いてくれ」

そこで俺は一度深呼吸して、亜由美の目をしっかりと見据えた。

昨夜は、営業部時代のコネを駆使して十文字亜由美の情報を集めた。攻略の糸口を掴むためだ。聞いたところによると、著名な経営学者を父に持つセレブな家柄のせいか、彼女は現実社会の暗部に疎いらしかった。それを利用しない手はない。

「理不尽極まりないと思うだろうが……、身体で上層部の人間を接待するしかない」

「え……？　か、身体……って……」

何を言われたかわからないといった様子で亜由美が訊き返してくる。俺は努めて平静な口調で応じた。

「もちろん、肉体労働とか、身を粉にして働くとかいう意味じゃないぞ？　セックスだ。セックスで、お偉いさんを接待するんだ」

「まっ、まさか、そんな……⁉」

驚きに見開かれていた亜由美の目が、細く鋭く吊り上がっていく。

「ウソです！　こんなまっとうな大企業で、そんなことがあるはずはないわ‼　やっぱりあなたは……」

「まあ、そう思ってしまうのも無理もないが、とにかく最後まで聞いてくれ」

俺は穏やかに言いつつも、全身の気力を視線に込めて放ち、亜由美のキツい視線を押し返した。

「キミのような学生や世間一般の普通の人には知り得ないことだが、実はハイレベルな世界では身体で接待するのは当たり前のことなんだ。〈ハイレベル〉というのは、主に経済界や芸能界のことだが……、キミは財界人や芸能人の集まるパーティに行ったことはあるかい？」

「ええ……。父に連れられて何度か」

「だったら、薄々勘づいていたんじゃないか？　そこは、揺るぎない階級制度の世界なんだ。男は上場企業の最高責任者がトップで、女は女優やアイドルがトップだ。この男女の違いが意味するところは、キミにもわかるだろう？」

俺自身、そんなパーティには一生縁がない身分だ。とはいえ、堂々と語れば週刊誌やアングラサイトの受け売りだとバレはすまい。

事実、何度かパーティに行った亜由美も説得力を感じているようだ。

「う……。そうですね……。不当な男女差別……と言えないこともないですけど、やはり綺麗事だけでは世の中成り立ちませんし……」

苦々しく言ったあとで、亜由美はやや怒り気味な不機嫌な口調でつけ加える。

「それに、男女それぞれ、異性に求めるものが違いますものね」

どうやら、この俺と対等に話そうとしているらしい。生意気だが可愛いヤツだ。

「うむ。さすがにキミは冷静で頭がキレるな。まあ、要するに、どんな業界でもセックスを巧く活用しなくては自己実現できないんだよ。テレビでよく見る有名人なども、皆そういうシビアな世界で生きているんだよ。キミも、このフェイグルスの一員としてやっていきたいのなら、その価値観をいつか必ず受け入れざるを得ない」

俺を無言で見つめる亜由美の表情は半信半疑といったところだった。俺はさらに説得力を高めようと、昨夜ホテルで考えておいた話を振る。

「キミは、誰か好きな有名人はいるかい？　俳優や歌手やスポーツ選手……、政治家などでもいいんだけど」

不意に話題が変わったことで、亜由美は少しだけ怪訝そうな顔をした。けれどすぐ、俺の質問に答える。

「そうですね……。モデルの團千都花《だんちづか》さんを尊敬してます。直接お会いしたことはありませんが、ルックスは完璧ですし博識な上に自分の哲学があるのが、インタビューや著作から窺えます」

「ああ、團さんか……。以前、パーティで見かけたことがあるよ」

俺はウソをついた。本当はパーティで見かけたんじゃない。テレビやネット、雑誌で見たことがあるだけだ。ただ、俺でも知っている……、いや、股間のムスコがたびたびオカズとしてお世話になってるトップモデルだったのは幸いだった。

亜由美が覗くとは思えないアングラサイトで、まことしやかに書き込まれていた情報を披露する。

「あの人は、アダ名が〈団地妻〉なんだ。悪く言うつもりはないんだが……、彼女が出てた焼酎のCMのような親しみ易い雰囲気作りとちょっとアンニュイなオトナの色香に、狙われたプロデューサーや資産家などは100パーセント落とされてしまうらしい」

「はあ……。あまり嬉しい話じゃありませんけど、なんだか納得してしまいました。したたかな人なんですね」

そういう解釈もあるな……。ネットの噂にすぎないが、俺も納得してしまったぞ。だったら、しっかり活用させてもらおう。

「ともあれ、團さんのような最高クラスの女性でも、セックスを武器にして自己実現をしてるわけだよ。いや、最高クラス〈だからこそ〉かな……。ハリウッドの女優なども超美人〈だからこそ〉ヌードになるのだしな」

「確かに、それは言えますね。美しくないヌードに価値はないのですし」

言ってくれるぜ……。まるで、自分自身が〈価値のある〉側の人間だって口ぶりだ。まあ、実際そうなんだが、こうも臆面もなく言って退けるのは、彼女のプライドの高さを物語っているんだろう。そんな高慢ちきなプライドを利用しない手はない。

俺はちょっとだけ身を乗りだして相槌を打った。

「そうだろう？　そして、女優は脱ぐことにいろいろもっともらしい理由をつけて言い訳をするけど、本質的にはオナニーのネタにすぎないのだしな」

「なっ⁉　それは言いすぎでしょう！　あなたには、美を愛する心はないのですか？」

亜由美が冷ややかな目で俺を睨む。だが、俺は負けじと言い返した。

「美しいヌードは確かに芸術ではあるが……、女性が裸を見られる時には、芸術目的でもエロティックな快感があるはずだ。そうだろう？」

「そ、それは……！　ど、どうかしら……？　そんなこと、ないと思いますけど……！」

亜由美にしては面白いくらいにうろたえている。どうやら、彼女のエロティックな心を揺り動かすことができたようだな。俺はなおもたたみかけた。

「まあ、キミのような若くて清純な女性には理解し難いかもしれないが……、とにかく、ハイレベルな世界ではセックスの闘いは避け難いということはわかってもらえたかな？」

「だ、だいたい、わかりました……。けど……、わたしは……、か……、身体で接待なんて……、そんなおぞましいこと、絶対にできません！」

嫌悪感も露わに言いきった亜由美が、不意に苦しげに表情を歪める。そして……。

「でも、こんなことで入社できないなんて……、夢を諦めるなんて、絶対に嫌ですっ」

「ふむ。〈絶対〉と〈絶対〉のぶつかり合いか……。これは大変だね」

俺が言うと、亜由美はいっそう表情を苦しくして訴えてきた。

「わたし、どうしてもフェイグルスに入社したいんです……。山玉さん、わ、わたし、どうしたらいいんでしょう……？」

本気で悩んでるな？　こりゃあ愉快だ！　もう、手玉に取ったも同然だな!!

「うぅむ……。仕方がない。わたしが鬼になって、その葛藤を終わらせてあげよう」

「えっ？　それって、どういう……？」

訝《いぶか》る亜由美に向かって、俺は苦渋に満ちた表情を作り、ズイと一歩踏みだした。

「キミ自身には破ることのできない心の殻を、わたしが破ってあげよう……！」

言うが早いか亜由美の身体を傍にあったソファへ押し倒し、強引に服をはだけさせる。

「なっ⁉　何をするのよ⁉　セクハラよ！　その上、パワハラよ!!　……って、いえ、これは、そんなレベルじゃなくて……」

ブラウスをブラジャーごと捲り上げ、Eカップはありそうなオッパイをブルンと露わにさせた瞬間、亜由美の体温が一気に上がったのか、柔肌の甘い香りがフワリと立ち昇った。

「〈愛のムチ〉がパワハラと呼ばれてしまう……。悲しいご時世だ。キミには、わかってほしいんだが、これは、愛のないセックスへの抵抗感をなくすための〈訓練〉なんだ。この苦難を乗り越えなければ、キミに未来はない」

亜由美のムッチリとした乳肌は、両手に吸いつくかのような瑞々《みずみず》しい手触りだ。その感触をしっかりと味わいつつ、俺はふたつの膨らみをゆったりと揉みしだく。

「あっ⁉　な、何を、もっともらしいことを……！　やっ！　やめなさいっ!!　この、へンタイ中年！　色魔っ！　痴漢!!　やあぁっ！」

　そう喚きつつも、亜由美の強張った身体は抵抗していない。彼女の気性なら、俺を蹴り飛ばしてでも逃れそうなものだが……。

　内心では期待しているのではないかと思えて、俺はふっと笑みを浮かべた。

「わたしを罵って気が楽になるのなら、いくらでも罵ればいい。わたしは鬼の役を……、汚れ役を引き受けたのだからな」

「や、やめてっ!!　人を呼ぶわよ！　わたしが悲鳴をあげたら、あなたは破滅よ！」

「好きにしろ。わたしは破滅を覚悟で鬼になったんだ。たとえクビになろう

と、犯罪者として刑を受けることになろうと、悔いはない」

「く……！　ど、どうして、そんなに……、そんなに自信満々なのよ……！」

「キミが、わたしの破滅を賭けるに値する最高の人材だからだ」

臆面もなく言いきると、亜由美が恥ずかしそうに全身をビクンと震わせた。

「で、でも……、でも……」

涙目の顔に、恥じらいと悔しさと悲しみが入り混じる。

「でも、わたし……、あの、こ、こういうコト、シたことないし……！」

「え……？」

俺は思わず目を見開いて、亜由美の顔をまじまじと覗き込んだ。

「そ、そんなに意外かしら……？」

「ああ。意外だな。キミのようなセクシーな美人が、この歳まで処女だなんて……。同情心を起こさせて、やめさせようという作戦か？」

「ち、違うわ！　わたし……、自分で言うのもなんだけど、〈高嶺の花〉だと思われてるから……、告白してくるのは、自信過剰の勘違い男か、遠慮のかけらもない性欲丸出しのいやらしい男ばかりで……」

なるほど、納得がいった。確かに、そんじょそこらの普通の男では怖じ気づいてしまうだろうからな。

「そうか……。となれば、悪いが、ますますやめられないな」

さも申し訳ないといった口調を装い、俺は手にあまるほどのオッパイを力強くグイグイとリズミカルに揉み続ける。弾力のある瑞々しい乳肉は、妻のそれなど及びもつかない。

「ああ……⁉ そ、そんな……！ わ、わたしの初めてが、こんな場所で……、愛してもいない人に散らされてしまうなんて……‼」

高慢ちきな小娘の見せる悲しげに歪んだ表情。もともと美しい顔立ちなのだから、いっそう堪らない。込み上げる笑いを噛み殺して、俺は囁いた。

「そのことについては、気の毒だと思う。だから、せめて快感を味わってくれ。わたしのテクニックを尽くさせてもらうから」

「そ、そんな、快感だなんて……。そんなもの、感じられるわけが……、あぁぁんっ！　やっ、あぁぁっ‼」

唾液で湿らせた指先で桃色の乳輪をツイーッと撫でれば、亜由美は全身をゾクゾクと震わせる。指先が触れる桃色の突起がムクムクと硬く尖っていく。

「いい声だな。甘くて、よく通って、刺激的で……。ペニスにしっかり絡んで、ビリビリ響いてシビれさせるタイプの声だ」

「そ、そんなトコロで、わたしの声を受け止めるなんて……！ い、いやらしいっ。くあぁぁっ⁉ あうぅっ！」

どうやら亜由美は、乳首を撫でられると堪えきれずに声が洩れてしまうようだ。

「我慢しないで声を出していいんだぞ？　助けを求める悲鳴の絶叫だったらよその部署まで聞こえるかもしれないが……、快感の声なら、そこまで響くことはないだろう」

いつかヘンタイサイトを読んで覚えたテクニックで、オッパイ全体をまわすように揉みつつ、乳頭を摘まんで捏ねるように愛撫する。

実際に試すのは初めてだが、亜由美の反応からすると悪くないらしい。

「うくっ！　そっ、そんなに、されたら……、くうぅっ⁉　んはあぁ……！　くあっ⁉　い、いやらしい声を、あげてしまったら……、ああ……、男性のいやらしい部分を、刺激して、カンジさせてしまうわっ。くうぅっ！」

「その、我慢しつつも洩らしてる色っぽい声も、ペニスにビリビリ響いてるぞ？　フフフ……。お蔭で、もうガチンガチンに勃起してしまったよ」

指と言葉で嬲られる亜由美の乳首が、敏感そうにピクンと震えた。

「や……！　そ、そんなっ、わたしの声でアソコを熱くしてるなんて……！　くうっ！」

妻とは、こんな愉しいセックスをしたことはなかった。だが、今、目の前にいるのは、男が全精力を込めてイジくるに値する極上の女性だ！

「キミの乳首も、もうこんなに硬く勃起してるぞ？　なかなか敏感な肉体だな。しかも、このエロティックな美乳の曲線……。堪らないな。ほら、見てみろ。この、プックラと膨らんだ乳輪の柔らかいカーブに、プクンと突きでた乳頭……。最高に〈男の精液を搾り取る魔性の女の素質あり〉だ」

「そ、そんな素質なんて……、くあぁっ⁉　あっ、やあぁっ！　はうあぁっ！　て、手だけじゃなくて、熱い視線で、同時にわたしの胸をイジりまわしてるっ⁉　やあぁんっ！」

「さっきも言ったが、女性は裸を見られるのが内心ではとても大好きな生き物なんだ。事実、わたしの視線でこんなに感じてるだろう？　ほらほらっ。このオッパイの曲線を見つめられると、乳首がムズムズして、股間が熱くなってくるだろう？　フフフ……」

「あうあぁっ！　み、見られるのが大好きだなんて、言われてませんっ。け、けど……、はあぁっ！　し、視線が熱くて……、胸が火照って、クラクラします……！」

もはや甘い声は途切れることがない。そろそろ本番といくか……。

「あ……⁉　い、嫌あぁっ！」

スカートを捲って黒タイツの股間を引き裂き、ズボンを下ろしてギンギンの肉棒を突きだす。ギョッとした亜由美が涙を浮かべた目を逸らした。

「目を背けるな。これが〈現実〉だ」

気取って言う俺は、処女の怯えた視線の前で勃起した怒張をズリズリと扱《しご》いてみせた。

「ひいぃっ⁉　やっ、やめて下さいっ！」

「見るんだっ‼　正面から直視しろ！　これは、ツラい現実であると同時に、キミの未来を切り拓くカギなんだっ！」

我ながらアホらしいと思うセリフだが、亜由美は真に受けたのか、涙で濡れる怯えた瞳を言われたままに屹立するイチモツへと向けた。

「なんでもそうだが、怯えて目を逸らすから必要以上の不安感を味わうハメになるんだ。正視してみれば、そう悪いモノでもないだろう？」

「ひあ……⁉　あ、あんなに大きくて……、反り返って、血管が浮いてて……、先っぽがネットリ濡れてる……！　ま、まるで、口が縦に裂けた、毒ヘビのような……」

暗い森の中で猛獣と出くわしたかのような絶望的な声だな。だが、それがいい！

「キミも、さっきのオッパイの刺激で、ほどよく濡れているな……。フフフ……」

「あっ⁉　や……！　オ、オッパイ、ジイッと見ながら、扱いてる……⁉　やあっ！」

「しっかり硬くしておかないとな。その、オッパイのムッチリとした曲線を見ながら、チンポを扱くと……、くうぅっ、亀頭の先がジンジンするぞ……！」

温かく潤ったワレメに俺の先端を当ててると、亜由美の全身がブルブル震動した。

「ああっ⁉　やっ！　さ、先っぽ、当たってる……⁉　くうっ！　はぁぁっ！」

「ほらっ。今からキミのココが、単なる排泄器官から、無敵のお宝に進化するんだぞ？」

「は、排泄器官だなんて……！　くうぅっ！　し、失礼ねっ。あなたのソレも、同じようなモノじゃないの……！」

「フフフ。そうだな……。知ってるか？　男は小便したあと、紙で拭かないからな。コレも少し汚れているぞ」

トロリと濡れ開いた亜由美の入り口に狙いを定め、亀頭を軽く突き入れた。

「ひあぁっ⁉　ウ、ウソっ！　男の人の、アソコが……、オシッコの出る部分が、わたしの中に、入ってくるなんてっ⁉　くうぅっ！」

「さあ、しっかり見るんだ。ヌメヌメの鍵穴に小便臭い鍵がハマって、人生の扉が開かれる瞬間を……！」

亜由美が見せる様々な表情をじっくり愉しみながら、腰を前に押し進めていく。

「やあぁっ⁉　は、入ってきてる……！　くあぁっ⁉　お、大きすぎて、身体が引き裂かれそう……！」

「まだ引き返せるぞ？　どうしても嫌なら、逃げてもいいんだぞ……」

亜由美は涙目で股間を凝視したまま強張っている。逃げだそうという意思は窺えない。恐怖でマヒしているわけでもなさそうだ。ならば、俺も遠慮することはない。

「さあ、いよいよだっ」

力を込めた腰を大きく突きだした直後、ヌメヌメのヴァギナの中のキツ苦しい抵抗感が一気にほぐれ、亀頭が奥までズイッと入り込んだ。

「くあぁっ！　い、痛い……！」

「ほら、入ったぞ。これでキミは、名実ともに〈女〉になったんだ」

そう。今この瞬間、目の前の生意気女の処女は、この俺に捧げられたのだ！

「はあぁっ⁉ ほ、本当に……、根もとまで全部入ってる……⁉ はあ……、はあぁっ。わ、わたし、本当に……」

「俺のモノの熱さや硬さや、快感の震えを感じるだろう？ キミのヴァギナがヌメヌメしてて気持ちいいから、こんなになっているんだ」

「そっ、そんな恥ずかしいこと、言わないで……！」

「フンッ。まだ覚悟が足りないな。恋人同士のほのぼのセックスじゃないんだぞ？ もっと恥ずかしいことを、いくらでも言ってやる」

逸る気持ちを抑え、俺は腰をゆっくりと前後に動かし始める。

「くうぅっ！」

「くおぉうっ。その、重力に負け気味に左右にムッチリと分かれたエロオッパイを見ながら、このオマンコでチンポを扱くのは、最高に気持ちいいな……！」

「はうぅっ！ そんな下品な言葉で、いやらしいこと言わないで……！ くあぁあっ！」

「あまりに気持ちいいから、小便の出る穴から我慢汁が止めどなくトロトロ溢れて、キミのマン汁と混ざり合ってるぞ。フフフ……」

「やあぁっ！ い、いやらし……すぎるわっ。くあぁっ⁉ あうあぁっ！」

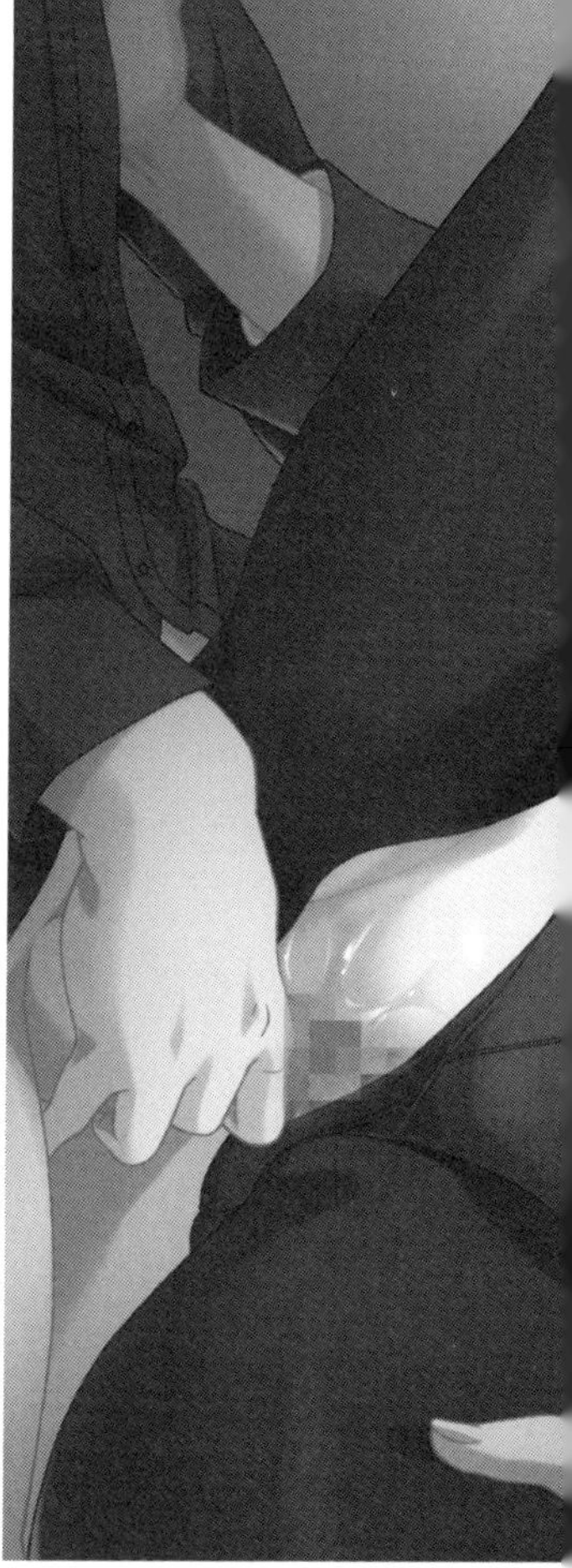

　ヘンタイサイトで覚えた腰遣い……、膣内を撫でまわすようにゆったりと腰を揺らしながら前後させると、亜由美の声から痛みのニュアンスがどんどん薄れていく。

「うくうぅっ！　こ、、ぐうっ、胸の奥が熱くて、張り裂けそうで……、やぁぁん‼」

　まだツラそうではあるものの、亜由美の声には快感の甘い叫びも交ざりだしていた。

　この手の高飛車な女は、実は悔しく恥ずかしい思いをさせられる言葉責めが大好きなのだと、ヘンタイサイトには書いてあった。だから、この手でガンガンいくぞ！

「そんなに強張っていたら、この〈訓練〉の意味がなくなってしまうぞ？　快感に素直になるんだ。事実キミのオマンコは、こんなに濡れているんだぞ？　わたしが腰を動かすた

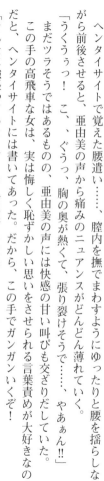

びに、ほらっ。ヌチュッ、ヌチュッて、水音が響いているだろう？」

「はあぁっ！　ウ、ウソっ！　わたしの身体が、そんなにいやらしいだなんて……⁉　あぁぁんっ！　あうあぁっ、くあぁっ！」

俺は亜由美の反応を見ながら、腰のスピードを徐々に上げていく。

「ほらっ。現実を直視しろ！　俺のチンポは、キミのマン汁でこんなにビショビショなんだぞ？」

「はあああ……⁉　あ、あんなに、ネットリ濡れて……！　はあぁっ！　あ、あれが、わたしの……！」

「そうだ！　キミのマンコは止めどなく涎を垂らしながら、わたしのチンポを味わっているんだ！　キミは今、わたしのチンポで感じているんだ！」

「ああ……。ウ、ウソよっ！　オ、オシッコの出る汚い棒なんかに、このわたしが感じたりするわけが……、はあぁっ⁉　あ……！　やあぁんっ！」

言葉とは裏腹に、全身の肌を薄桃色に染めて火照らせる亜由美は、均整の取れた見事なプロポーションの肢体を切なげにくねらせて悶えている。

俺の腰遣いが巧く効いているようだ。

「フッ。口でどう言おうと、ほらっ。乳首も、そんなに硬く尖ってるじゃないか」

「やあぁっ⁉　ま、またオッパイに、いやらしい視線が……、ネットリ絡みついて……、くあぁっ⁉　やあぁっ！」

「わかるだろう？　キミのオッパイで興奮している、俺のチンポの熱さが……。この熱が社会を動かす根本的な原動力なんだ！」

俺は腰のスピードを思いきり速めて、亜由美の股に下腹部を力強く叩きつけた。

「ああっ⁉　すっ、凄い勢いで、わたしの中で暴れてるうぅっ！　ひっ⁉　やあぁん！」

「さあ、修行だ！　言ってみろ！　わたしのチンポが気持ちいいと、本気の情熱を込めて言うんだっ‼」

「やあぁっ！　そ、そんな、恥ずかしいこと、絶対、言えないわ……！　あうあぁっ！　はやあぁっ、ああぁんっ！」

「じゃあ、心が籠ってなくてもいい！　とりあえず、言うんだ！　わたしを……、接待相手を気持ちよく射精させるために‼」

「え……？　しゃ……、射精……⁉」

亜由美の顔がサッと蒼ざめ、愕然とした瞳を自分の股間に向ける。

「言わないと、中に出すぞっ‼」

「ひっ⁉　あうっ、ひあああ……！」

奇声をあげる亜由美。ハイソな生意気女が心底テンパっていた。こりゃー、面白い！

「言えっ‼　〈あなたのチンポ、気持ちいいです〉と！」

「あううう……！　あ……、あな……、あなた……の……、くあぁっ⁉　あぁぁんっ！　チ……、ぺ、ぺニ……、はあぁんっ！」

混乱気味ではあっても、亜由美の体内は着実に熱を増し、大きく開脚させた太腿も絶頂寸前の震えを示している。もう一息だ。俺はピストン運動と言葉で責め立てた。

「〈ペニス〉なんて言うな！　〈チンポ〉だっ！」

「くうぅっ！　チ、チ……、チン……、チン……、オ、オチン……、あぁぁんっ！　あやあぁっ！　ダ、ダメっ！　言えませんっ‼　うあ……⁉　ああっ！　頭が、まっ白になって……、くあぁっ！　も、もう、ダメえぇっ‼」

「早く言わないと、中に出すぞっ！」

全速力で腰を動かしながら叫ぶ。俺だって、そろそろ限界だ。

「ひぃっ⁉　チ、チン……、オチン……、くううぅっ⁉」

恥ずかしい言葉を強いられるという刺激がトドメになったのか、ついに亜由美の全身がビクビクと激しく震動する。

「オオォ……、オチンチ……ンあああああぁぁぁぁ〜っ‼」

淫語を叫びつつ大きく背筋をのけ反らせ、亜由美は絶頂に達した。

「フハハハーッ！　初体験でそんなはしたないことを言いながらイッてしまう女は、この世でキミだけだろうな！」

そう言って俺は、イき締まりするヴァギナから素早く怒張を引き抜き、目の前の美肌へと熱い白濁液を存分に噴出させる。

「やあぁっ!? あ、熱いわあぁ……! 熱くて、ネッチョリとした液体がっ、わたしの肌に……、くあぁぁっ!」

「ほら、見ろっ! これが男の射精だっ!」

「ひあぁっ!? さ、先っぽをまっ赤に腫らせた、オチンチンを……、握って扱いて、白いの、ビュビュッて出してる……! うあぁ……! 鼻の奥まで沁みる、生臭い匂い……。こ、これが、男性の、せ、精液……? こんなに、いやらしいものだったなんて……! はあぁっ、はあぁ……。わ、わたし……、とんでもないコトを、シてしまったわ……」

譫言《うわごと》のような亜由美の呟きを愉しみながら、俺は大量に溜まっていた精液を何度もぶちまけた。久々の……、いや、人生始まって以来とも言える、凄まじい快感だった。

やがて、コトが終わったあと、俺は会社の給湯室から濡れタオルを調達してきて、亜由美に手渡してやった。

放心した様子の亜由美は、モタモタとした動作で自分の身体を拭い、服を直す。

「えぇと……、こ、これで、採用していただけることになったんですか……?」

「ん……? 何を言ってるんだ? 今のは〈殻を破った〉だけだぞ? 上層部への接待の具体的な段取りは、これからまた考えていくんだ」

「あ……。そ、そういえば……、そういうお話でしたっけ……？」

初めてのセックスがあまりにショックだったのか、亜由美はまるで別人のようにぼうっとしている。

「で、でも、せっかく、あんなコトまでシたのに、状況が何も進展していないっていうのは……」

「ふう……。十文字さんらしくない甘ったれた言葉だな。いいから、今日はもう帰りなさい。頭を冷やせば今日のことの意義もわかってくるさ」

「そ、そうでしょうか……？」

ぼんやりした頭ではイマイチ納得いかないらしい。とはいえ亜由美は、俺に促されてフラつく足取りで帰っていった。

後ろ姿を見送った俺は、唇を卑猥に歪めて笑う。

「ククク……。プライドが高いわりに押しには弱いな。無敵のスーパーウーマンに見えても所詮は小娘だ」

そんな亜由美が見せた痴態を何度も思い返し、俺は心地いい余韻に浸り続けた。

＊　＊　＊

金曜の朝、連泊しているビジネスホテルから出社する際に、俺は由貴のスマホにメールを送った。夕方の五時半に人事部オフィスへ来るように、と。

同僚達がいなくなり、オフィスが貸しきり状態になると、由貴が指定した時間ピッタリにやってきた。オドオドする彼女を手招きして呼び寄せるなり、俺は重々しく口を開く。

「あれから、いろいろと手段を考えてみたんだが……、結局、我々にできることはひとつしかない」

「そ……、それは、どんな手段……ですか……？」

「うむ……。ウソっぽく聞こえるかもしれないが、あくまでシリアスな事実だから、そのつもりで聞いてくれ」

頷いた由貴の身体が緊張で強張る。俺は彼女の顔を正面から見据えて、メガネレンズ越しに揺れる瞳を覗き込んだ。

「キミにはツラいことだろうが……、身体で、上層部の人間を接待するしかない」

「え……!?」

驚いて目を見開く由貴。昨日の亜由美と違って反応が速い。俺も素早く言葉を続ける。

「誤解のないように補足するが、〈身体〉とは肉体労働とかいう意味ではなく、セックスのことだぞ？　セックスで、お偉いさんを接待するんだ」

「ウ……、ウソ……!?　そんな……、小説みたいな……」

「小説……？　いや、〈事実は小説よりも奇なり〉ってやつだな」

たちまち、由貴の表情が驚きから不審に変わっていく。

「あ……、あのう……、う……、疑うわけじゃあないいんですけど……、それって、現実味が感じられません……」

「うむ。そう感じるのも無理はない。だが、事実なんだ。キミのような学生や世間一般の普通の人には知り得ないことだが、実は、経済界や芸能界などのハイレベルな世界では身体で接待するのは当たり前のことなんだ」

俺は亜由美にしたのと同じ話を聞かせ、同じ質問をする。

「キミは、財界人や芸能人の集まるパーティに行ったことはあるかい？」

「い……、いいえ……。わたし、庶民ですから……」

「そうか……。だったらピンと来ないかもしれないが……、そこは綺麗事なんか通用しない階級制度の世界なんだ。男は上場企業の最高責任者がトップで、女は女優やアイドルがトップに君臨している。この男女の違いが意味するところは、キミにもわかるだろう？　要は、金とセックスだ。これが、虚飾を取り払った人間の欲望の本質だ」

「う……、うう……。で……、でも……、そういうことが……本当にあるのなら、ネットでリークされて、世間に周知されてしまう……のでは……？」

不安そうにオドオドしているわりに、なかなか頑張るじゃないか。思わず笑いそうになるのをグッと堪え、俺は真面目くさった顔で諭してやる。

「ネットの情報は、いいものもあるが、基本的には〈便所の落書き〉だ。警戒心と自覚を常に持っておかないと、落とし穴にハマってしまうぞ？」

「あ……」

小さな声を洩らした由貴の顔に感嘆の色が広がった。俺は、彼女が心酔しているＩＴ企業〈フェイグルス〉の一員なのだ。ネットに関する俺の言葉は、彼女にとって〈権威〉の重みを持ったものとなる。たとえまっ赤なウソっぱちであろうと……。

俺は、なおも言う。

「人間とは、本当に美味しい権利を得た時はそれを独占したがるもので、他人目《ひとめ》から隠すんだよ。ネットでバラすようなバカな奴はそうそういない。そして、万が一バラされたとしても……、ネットは、〈自分だけは利口だ〉と思い込んで、他者を見下して冷笑する者に溢れている。〈セックスで接待〉の情報は、〈陰謀論患者の寝言〉と軽蔑される。〈ウソを見抜ける自分は鋭い〉というナルシシズムの大群に、真実は埋没してしまうんだ」

「う……、ううぅん……。た……、確かに……、わたしにも、そういう思い上がった気持ちは……あります……。わたしも……、知らず知らずのうちに大切な真実を潰してしまう……、そんな無神経な大衆のうちのひとりに……なっている……のでしょうね……」

肩を落として俯《うつむ》き、内省する由貴。俺は、ここぞとばかりに先を続ける。

「うむ。さすがにキミは謙虚で頭がキレるな……。とにかく、どんな業界でもセックスを巧く活用しなくては自己実現できないんだ。十億、百億単位の金が動く世界では、人権だの、貞操だの、そんな眠たいことを言ってはいられない。トップの世界とは、命懸けなんだよ。キミも、このフェイグルスで一人前の社員としてやっていきたいのなら、この考え方をいつか必ず受け入れざるを得ない」

「そ……、それは……、理屈としては……、わからないでも……ないんですけど……」

やはり、まだ半信半疑といったところのようだな。

「納得できないか？　ちなみにキミは、男性向けのポルノを見たことはあるかい？　アダルトビデオとか、エロマンガとか……」

「え……？　えっ⁉　ど……、どどど、どうして、そんな……ことを⁉」

ギョッとした様子で由貴がうろたえた。そこまで動揺するようなことを言ったか、俺？

「いや……、キミは男の性欲の強さを知らないから、接待セックスに現実味を感じないのかもしれない……と、考えたんだが……」

俺がそう告げると、由貴は「あ……」と声を洩らしていくぶん落ち着きを取り戻した。そして、気恥ずかしそうに瞳を泳がせて口を開く。

「い……、いえ、あのう……、わ……、わかってる……と、思います……。男性向けの……、か……、官能小説とか、読んだことも……ないではない……ですから……」

現代のアダルトコンテンツは、AVやマンガ、あるいはゲームなどのビジュアルメディアが主流。デジタル化が進んでいるとはいえ、文字媒体の官能小説を挙げるとは、ちょっと意外だった。しかも、天才プログラマーのリケジョが、だ。

「ふぅん……。官能小説とは今時珍しいな。カレシの影響かい？」

「え……!? そ……、それは……、あのう……！ わ……、わたし、カレシ……とか、昔から全然縁がありませんから……」

由貴はまたもや露骨に動揺したかと思うと、すぐに落ち込んでしまった。どうやら、今までカレシがいないのは事実のようだ。

つまり、処女の可能性が極めて高い！ 俺は胸の内で舌舐めずりをしつつ、カレシ云々については敢えてスルーしてやる。

「じゃあ、自分で買ったのかい？」

「あ……。と……、友達です！ 女友達のグループで、好奇心で……、その……、ま……、まわし読みが……流行ったことがあって……！」

女学生が官能小説をまわし読み……とは、なかなかそそるシチュエーションだ。

けれど、俺にはどこかウソ臭く思えた。恥ずかしそうに頬を染め、少々冷静さを失っているような由貴の態度が、余計にそう思わせる。

それに、これまで見てきた彼女の性格からして、ひとり部屋に籠ってデジタル書籍を読み耽《ふけ》っている姿のほうが容易に想像できる。

でもまあ、今追及すべきは、そこじゃない。

「ふむ。じゃあ、男の性欲を理解してはいるのかな？　だが、その小説を読んで、どう感じた？　男の性欲を、あさましく醜いものだと感じたかい？」

「い……、いいえ……。そうは……思いません……けど……。でも……、ちょっと、納得のいかないこと……が……」

「ほう？　なんだい？」

「そ……、そのう……、お……、男の人って……、あのう……」

由貴はますます恥じらいに頬を染め、なぜか妙に色っぽくモジモジしだした。

「そう不安がらないで、なんでも遠慮せずに訊いてくれていいんだよ？」

「は……、はい……。あのう……、オ……、オチン……チン……でしか……、性感を、感じられない……んですよね……？」

妙に具体的な話を持ちだされ、俺は意表を衝かれてしまう。

「あぁぁ？　あ……。いや、失礼……。ま、まあ、それは、そうだけど……」

「そ……、それで、あのう……、い……、一回か二回、しゃ……、射精……したら、その日は、お終い……なわけじゃないですか……」

「まあ、ドライに考えれば、そうとも言えるな」

「た……、たったそれだけのことなのに、どうして、そこまで必死になれるのか……と。むしろ、女性のほうがセックスは……、あの……、き……、気持ちいいはずなのに……って……」

これまた意外なセリフが出てきた。俺はニヤリとする。

「ほう……。そこまで言いきれるということは、セックスの経験があるんだね？」

「えっ⁉ い……、いえいえっ。わ……、わたしは……、まだ……、そのう……」

処女確定！ そのわりにセックスには興味がありそうだ。となれば……。

「ふむ。要するに、キミは頭でっかちなんだな。行動する前にゴチャゴチャ考えて、その空想がいつの間にか〈事実〉になってしまっているんだ。キミに必要なのは、情報ではなく、経験だよ。何事にも考える前に体当たりしていくような、そんな度胸が必要だな」

途端に、由貴の瞳に尊敬と信頼の光が宿った。

「あ……！ た……、確かに、仰《おっしゃ》るとおりです！ わたし、頭でっかちなんです……！ だからいつも、間違った思い込みで行動したりして……」

「ふぅむ。やはりそうか……。だが、この入社の件に関しては、わたしがサポートさせてもらうから、そのことは心配しなくていい」

「あ……、ああ……。ありがとうございます！ 本当に……、本当に助かりますっ」

感激する由貴に何度も頷き、俺は念押しを入れる。

「……と、いうことで。わたしの言ったことは納得してもらえたのかな？」

「は……、はい。身体で接待が必要だ……ということは、納得がいきました……」

「でも、自信はなさそうだな？」

「あうぅ……。は……、はい……。じ……、実際にできるかというと……、とてもじゃないですけど、無理……です……。で……、でも……、こんなことで夢を諦めるなんて絶対に嫌だっていう気持ちもあって……。ああ……。じ……、自分勝手で、申し訳ありません……」

亜由美と同じ反応だが、最後に詫びを入れるところは好印象だ。俺はニッコリと微笑んでやった。

「その葛藤は当然だ。申し訳なく思うことはないよ」

「そ……、そう……ですか……？　でも……、昼下がりに会社のトイレで、ご……、ご奉仕……とか、させられちゃうんでしょうか？」

「はあ？」

何をいきなり、エロ小説みたいなことを言いだすんだ？

俺は唖然として由貴を見つめた。メガネレンズの奥で忙しなく瞳を揺らし、頬を紅潮させてわずかに肩を震わせている。

「そ……、そそそ、そういうのって……、やっぱり無理です……」

なんだかこの娘は、ちょっと変だな。もしかして、頭の中はエロエロな妄想でいっぱいなのか？　俺は半ば呆れた思いで思案した。

彼女は今、フラつく足で断崖絶壁に立っている。ここで一気に背中を押してやれば、頭の中の妄想よろしくエロエロなシチュエーションも実現できるかもしれない。

機を逃さず、俺は罪悪感に胸を締めつけられているような苦しげな表情を作った。

「ううぅむ……。こうなっては、仕方がないな。わたしが鬼になって、その葛藤を終わらせてあげよう」

「え……？　そ……、それって……、い……、いったい、何を……!?」

「自発的に〈体当たり〉をする度胸は、キミにはまだ持てないだろう。今回はわたしが後押しをしてあげよう……！」

亜由美の時と同様に由貴の身体をソファに押しつけ、服を乱してGカップは余裕のオッパイを剥きだしにさせ、タイトスカートを盛大に捲って黒タイツの股間を乱暴に破く。

「はあぁっ!?　な……、何を……するんです……!?」

「キミは男性に不慣れなようだし、セックスの体験がないようだから、今のままでは接待セックスは不可能だろう。だから、経験させて慣れさせてやろう……という意図だ。セックスに対する抵抗感を……、心の殻を破ってやろう」

言いながら、柔らかくタプンとたわんだ巨大な乳房をじっくりと吟味する俺。

「ふうむ……。やはり、かなりの巨乳だな。服の上からでも男を勃起させる力があるが、裸だと見ているだけでも射精できそうだ」

「はうぅっ!? そ……、そんな恥ずかしいこと……、言わないで下さい……!」

「我慢しろ。この程度でギブアップしていたら、入社なんて絶対にできないぞ?」

「ううぅ……。そ……、そうは言われても……、男の人に、身体を見られるのは……初めてで……。はあぁっ、はあぁ……」

由貴が切なげに荒い息を洩らし始めた。ひょっとして、興奮しているのか?

「それは光栄だな。……で、ヴァギナのほうは、大陰唇がなかなか肉厚でポッテリしていてイジリ心地がよさそうだな」

パンツの生地を摘まんで引っ張れば、肉厚なワレメがクッキリと浮かび上がる。

「あうぅ……。そんな、〈イジリ心地〉なんて……! ああ……。恥ずかしい!」

由貴は羞恥心に全身をプルプルと震わせてこそいるが、逃げようというそぶりはない。

「ちょっと見せてもらうよ、キミの大陰唇を」

「え……? えっ!? やぁっ! そ……、そんな……! や……っ、やめ……、あうっ!」

生地をヴァギナに喰い込ませると、ムッチリした大陰唇の膨らみがまる見えだ。

「ふうむ……。初々しい色合いじゃないか。これなら接待で大喜びされるだろうな」

指先で大陰唇に軽く触れて、その表面をツーと撫でた。

「あひっ⁉　あうぅ……。や……、やあぁ……！」

「しかし、小陰唇はわりと発達しているようだな。結構、自分でイジっているのかな？」

「そ……、そんなっ、じ……、自分でイジったりなんて……、してませんっ！」

「そうか？　それにしては、下着越しにクッキリと形がわかって……、おや？　下着にシミができているぞ？」

「やあぁっ⁉　そ……、そんなこと……、ありませんっ！」

　口では否定するものの、由貴の下腹部はどんどん温度を上げ、ジワリと滲みだした液体がパンツにシミを作り始めている。

「別に悪いことじゃないんだぞ？　むし

ろ、濡れ易い……、感度の強い肉体は、接待には最適だ」

俺は喰い込み部分をグイッと引っ張った。

「ひあぁっ⁉ やっ！ く……、喰い込ませちゃ、ダメです……！ くうっ！ ああっ」

由貴のヴァギナには、明らかに性感が発生している。否定の言葉にも、快感の声が交ざり始めている。

「ほら。下着のシミが広がっていってるぞ？ やはり、かなり感じ易いようだな」

指先で大陰唇を這いまわるように撫でつつ、喰い込んだパンツをグイグイ引っ張る。ヘンタイサイトで学んだテクニックを駆使する。大陰唇を視線と指先でイジり、秘肉を中途半端に刺激して焦らし、ムズムズさせ、興奮させて、肉体に〈本番〉を渇望させるのだ。

「そ……、そんなっ！ わたし、感じてなんか……、くうぅっ⁉ あうぅ……！」

「官能小説を読んだ時も、こんなふうに濡れたのか？ どんなストーリーだったのか、教えてくれないか？」

「い……、一冊だけじゃ、なかったので……、ス……、ストーリーは……、あくぅっ⁉」

「一番印象的だったものは、どんなストーリーだったんだ？ え？ 言ってみろ！」

何度となくパンツを引っ張って、ワレメにギリギリと強く喰い込ませる。

「ひあぁぁっ⁉ やあぁっ、あぁぁんっ！」

今まで以上に熱い蜜がどっぷりと溢れだして、パンツがビショビショに濡れた。

「言えっ！　どんなストーリーで、こんなふうにマンコを濡らしたんだ⁉」

「あひあぁっ⁉　い……、今、思いだせるのは……！　くはあぁっ！　オ……、ＯＬもので……、セクハラ上司に……、こんなふうに、下着を喰い込まされて……！」

「よく似たシチュエーションじゃないか。そんなのがパッと思いつくほど、たくさん読んだのか？」

　繰り返し質問をしては、パンツをグイグイとリズミカルに引きまくる。

「ひっ⁉　そ……、そんなに、たくさんでは……。やあぁっ！　あうっ、はあぁんっ！」

　由貴は声を堪えきれなくなったようで、全身をワナワナと震わせ、俺が愛撫するままに快感の甘い叫びをあげた。

「……で？　そのセクハラのくだりを読んで、こんなふうにマンコをビショビショに濡らしてオナニーしたのか？」

「くあっ！　べ……、別に、読みながら……濡れたり……、ひとりでシたりは……、してませんっ。んやあぁっ、あうあぁっ！」

「ウソを言うなよ。ここまで敏感に発達してるんだぞ？　カレシが今までいなかったのなら、オナニーしまくってるということになるぞ？」

「あうぅっ！　そ……、そんな……、シまくってるって、ほどでは……。はっ⁉」

「ふむ。やっぱり自分でイジって発達させたんだな？　フフフ。清純そうな顔のわりに、案外スケベじゃないか」

天才プログラマーの裏の顔を指摘してやると、由貴はたちまち羞恥でまっ赤になる。

「やあぁっ！　ふ……、普通ですっ！　普通に……、人並みに……、ひ……、ひとりエッチ……してるだけですっ。んあぁっ、はうあぁんっ！」

「フフッ。そうかそうか。キミのオナニーしてる姿を想像したら、チンポが硬くなりすぎて痛くなってきたよ……」

その証拠とばかりに、俺はズボンの股間に高々と張ったテントを見せびらかした。

「はうっ!?　あんなに、前が膨らんでる……!?　あぁぁ……。あれが……、お……、男の人の……、はあぁっ！　はあぁっ、あぁぁぁんっ！」

由貴は不安感と好奇心の入り混じったような目で俺の股間に見入っている。

「フフフ。それでは、そろそろ本格的に〈体当たり〉させてやろう」

手早くズボンを下ろして披露したビンビンに反り返る肉棒。由貴の目は釘づけだ。

「はあぁぁっ!?　オ……、オチンチンって……、あんなに大きくて、凶暴そうな……モノだった……の……？　と……、とても、入りそうには……見えない……」

「小説と現実とは、やっぱり違うだろう？　〈情報〉は、どんなに生々しくても本物ではないのさ。〈体験〉とは次元が違うんだ」

そこで俺は、由貴の体勢を変え、下着もろともタイツを太腿の中ほどまでスルリと引き下ろした。露わになったワレメは、いつの間にか濡れ開きだしている。亀頭の先端をあてがってクチュクチュつつくたび、由貴の肢体がビクッと震え、巨乳がブルンッと揺れた。

「あうぅっ!?　やあっ！　あ……、当たってますっ、先っぽが……。あくうぅっ！」

「自分で、指でイジるのとは違うだろう？　ほら、ほらっ。どんな感触だ？　小説ではない〈現実〉のチンポは」

「あうぅっ！　さ……、先っぽは……、意外と硬くなくて……、フワフワした感触……。だ……、だけど……、あぁぁ……、やっぱり、怖いですっ！」

恐怖を訴える由貴だが、その視線は俺のモノをしっかりと観察している。

やっぱり、この娘はかなり変わっている。何を考えているのか、イマイチわからない。

そんなことを考えつつも俺は、由貴の入り口に押し当てていた亀頭を軽く前に進めた。

「あぁぁっ!?　ソ……、ソコは……！　はぁぁっ、はぁぁ……」

「ちゃんと入るから、しっかり見ておけよ？　現実を直視することこそが〈体験〉なんだぞ」

もっともらしいことを言い聞かせ、ゆっくりと腰を押しだす。

「ひっ!?　やあぁぁぁっ！　ああ……！　ウ……、ウソ……！　ほ……、本当に、入って……きてる……!?　オ……、オチンチン……が……！」

愕然と身を硬直させて白い肌をわななかせ、貫かれる自分の股間を潤んだ瞳で見つめる由貴。俺はいったん腰を止めた。

「ピンク色の媚肉がパックリ開いて、そこにチンポがズッポリ刺さってるのがハッキリ見えるだろう？　フフフ……」

「あうっ！　あううぅ……。げ……、現実の、体験なのに……、現実味が、ぜ……、全然感じられません……。はぁぁっ、はぁぁっ」

「そうか……。では、これが現実だと痛感させてやろう。文字どおりの〈痛感〉だが、覚悟はいいな？　本気で嫌なら、逃げだしてもいいんだぞ？」

「え……？　あ……、あの……、わたし……、も……、もう、何も考えられない……っていうか……、判断する余裕がなくて……。あううぅ……」

「そうか。それは、わたしに任せる……ということだな？」

俺は再び亀頭を前に進めていく。絡みつく淫らな汁と肉を掻き分けて奥を目指す。

「あひっ⁉　か……、硬くて、熱くて……、大きな……モノが……、やあっ⁉　どんどん入ってくるぅ！　ひっ⁉　ひ……、引き裂かれるう‼　ああっ！　ウ……、ウソ⁉　信じられない……！　オチンチンに、引き裂かれるうっ！　くはっ！　痛っ！　痛いぃっ！」

亀頭の行く手を阻む柔肉の抵抗を一気に突破し、剛直を根もとまで突き入れた。

「ひいぃんっ！　お……、奥にっ、ズブッて……！」

「ほら。このとおり、ちゃんと全部入ったぞ？　どうだ、現実のセックスの感触は？」

その問いかけに、由貴は熱い息をこぼして応じる。

「あはぁ……、はあぁっ、はあぁ……。い……、痛くて……、熱くて……、ぼう……っとして……しまって……。な……、なんと言ったら……いいか……。あううぅ……」

「ひとつ、大事なことを教えてやろう。俺のこのチンポが熱くて硬くて太いのはな、キミに欲情しているからなんだぞ？　つまり、キミが魅力的だからなんだ」

「はううぅ……！　そ……、そんな……」

俺の言葉が信じられないといった様子で、由貴が小さく身を捩る。

「キミはどうも自分に自信がないようだが……、自信を持っていいんだぞ？　このチンポが、それを現実に証明しているんだ」

「あううぅ……。そんなこと……、言われたら……、な……、なんだか……、このオチンチンの熱さが……、嬉しくなって……きちゃいますぅ……」

「接待セックスといっても、キミも存分に愉しんでいいんだし、むしろそのほうが相手も悦ぶんだ。まず、それを肝に銘じることだな」

「じ……、人生って……、セックスって……、奥が深いんですね……。はあっ、はあっ」

「フ……。まだ全然序の口さ」

俺は由貴の反応を見ながら、腰をゆっくりと前後に動かしていった。かつてヘンタイサイトで学んだ〈三浅一深〉の動きだ。

「はうあぁっ⁉　う……、動いてるうぅ……！　わ……、わたしの敏感なトコロを……、ああっ、ズリッズリッて……擦ってるううぅっ！」

「ヌメヌメして吸いついてくるようで、凄く気持ちいいマンコだな。この豊満ボディに、このマンコ。素晴らしいぞ」

「あわわ……！　そ……、そう……なんだ……？　オ……、オチンチンが、今……、わたしの恥ずかしいトコロで擦れて、感じてるんだ……！　くうあぁんっ！　ああっ。オチンチン、ヌルヌルになってる……！　わたしの、恥ずかしいおつゆで……、はあぁっ！」

由貴の敏感な身体は、破瓜の痛みを急速に遠ざけて、すでに快楽を生みだしているらしい。薄桃色に染まった肌が、心地よさそうにゾクゾクと震えている。

「フフフ。少しは現実味が感じられてきたか？」

「くうぅっ。お……、男の人が、オチンチンを擦って……気持ちよくなる姿を、初めて見て……、はあぁっ！　エ……、エッチすぎますっ。はあああぁんっ！　しょ……、小説とかじゃない、本物のセックスって……、ああっ、こんなに……、とてつもなくエッチなものだった……なんて……！　んっはうあぁっ！」

妄想とオナニーで自己開発していたからか、由貴はわりと簡単に現実を受け入れた。

「キミのその姿も最高にエッチだぞ。その巨乳をナマで見ながら、極上マンコでチンポを扱けるなんて……、堪らないな！」

俺は捲り上げておいたブラに手を伸ばすと、力任せに引っ張って下乳側へあてがった。柔らかな肉塊がくびられたように強調され、これまたいい眺めだ。

「はうぅ……！　こ……、このオッパイに、男性の視線が集まるのは、し……、仕方がないと……思っていたんですけど……。あぁぁんっ！　い……、今まで……、服の上から、わたしのこのオッパイを見ていた男性達も……、はあぁっ、こ……、こんなふうに、オチンチンを……、熱く、硬く……してたんでしょうか……？」

「当然だろう。ただ勃起するだけじゃなく、自分でチンポを扱いてオナってるよ」

「ああっ！　や……、やっぱり……！　は……、恥ずかし……すぎますっ。ひあぁん!!」

羞恥心が興奮を高めたようで、快感の甘い声がより大きくなる。

「あひぃんっ！　は……、はち切れそうなほど熱いモノが……、わ……、わたしの中で暴れてるうぅっ！　あひぃあぁっ!?　ああっ！　こ……、この熱さが……、わたしに対する欲情……？　わ……、わたしの、魅力の証拠に……、やあぁぁんっ！　はうあぁぁっ！」

「おやおや。初めてのくせに、イッてしまいそうな様子だな。本当に敏感なんだな……。ようし。キミのはしたないイき顔、見せてもらうぞ！」

俺は腰を躍動させて膣内をガンガン突きまくった。ヘンタイサイトで学んだ〈コークスクリュー乱れ打ち〉。ただの荒々しい連打ではなく、捻りの動きを常に効かせた抽送だ。

「あやあぁっ！　凄……、凄い勢いで、奥までガンガン来てるうぅ……!?　ひいぃん！

わたしのイき顔、見られちゃうっ！　わたしの、一番恥ずかしい顔を見ながらイくために、オチンチン、ムチャクチャに擦りまくってるぅっ！　やあぁっ！」

俺の腰振りのリズムに合わせ、ブラに下支えされたふたつの巨乳がフルフルと揺れる。

その頂で尖る乳首と鮮やかに色づいた乳輪が、催眠術の五円玉よろしく、俺に射精の暗示をかけてくる。腰の裏側がゾワゾワしだし、キンタマがキュウゥッと疼いた。

「くっ⁉　ほ、ほらっ。射精チンポを見せてやる！　俺のチンポを見ながらイくんだ‼」

爆発寸前の怒張を引き抜いた俺は、ヌメヌメに濡れた裏筋をワレメに押しつけ、そのまま激しく擦り立てる。もちろん、射精のターゲットは巨大な乳肉の連山だ。

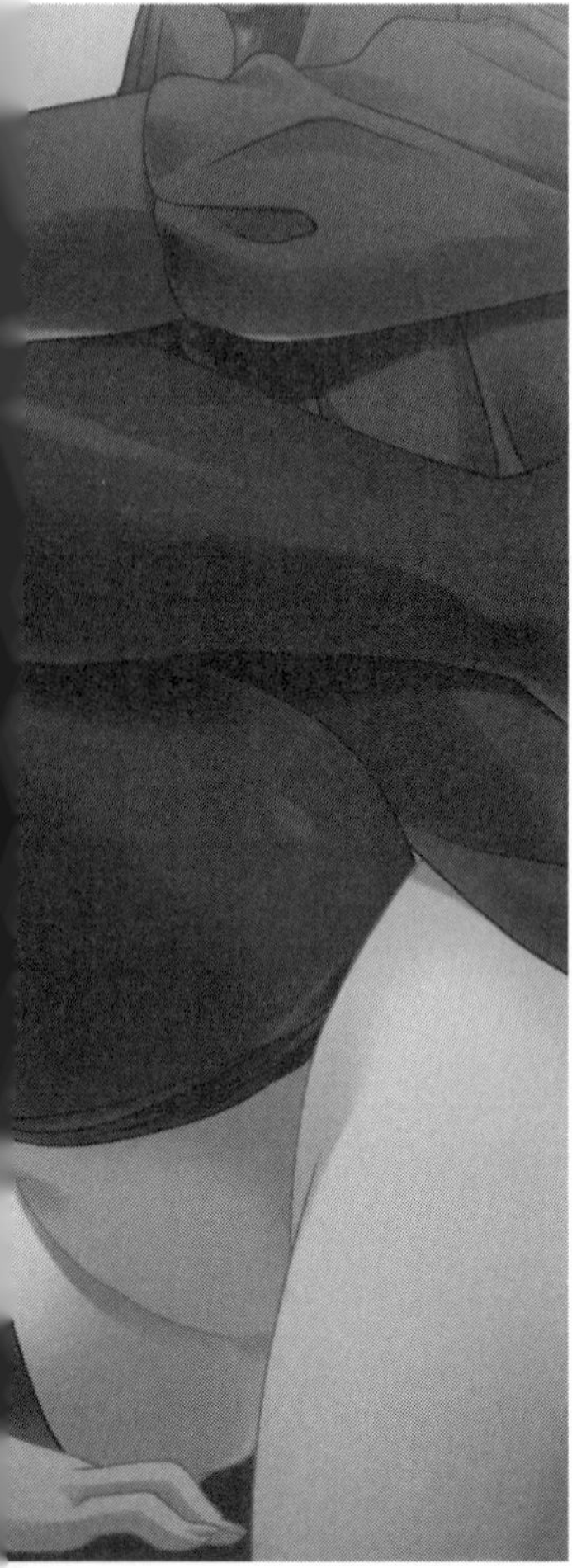

「ひっ!? き……、亀頭が……、あんなにまっ赤に……、パンパンに……なって……、わたしのオッパイに向けて……、ムチャクチャに擦りまくって……、あっ!? やあぁっ! は……、初めてなのに、オチンチン見ながら……、イッちゃう……! くうあぁっ!!」

由貴の全身がビクビク震えたその刹那、俺の尿道に熱く鋭い快感が一瞬で突き抜けた。

「イイィ……、イッちゃうぅあああああぁ～っ! あやあうあああああぁ～っ!!」

オーガズムの快感にプルプル揺れているオッパイに、俺のネットリした白濁液が飛びかかっていく。放物線を描いた迸りが、柔肌の上でビチャビチャと撥ねた。

「ひいぃあああああぁっ! やあぁっ! あ……、熱い飛沫がっ、オッパイに……! あひいいっ!? か……、顔にも……! やあぁんっ!」

驚きと不安の声をあげる由貴は、それでも俺のイチモツを見つめている。

「あぁぁ! さ……、先っぽから……、オシッコの出る穴から……、白いのが、凄い勢いで飛びだしてるっ! はひいあぁっ! わ……、わたしの恥ずかしい姿を見ながら……、男の人が、イッてる……! オチンチン擦って……精子出してる……! こ……、恋人同士のセックスでもないのにっ、ああ……、なぜだか、胸の奥が熱くて……。やあぁっ!」

やがて、俺が精液をすっかり放出し終えた頃、お互いの身体は徐々に脱力していった。

「はあぁっ、はあぁっ、はあぁ……。こ……、これが……、男の人の……精液……。こんなに温かくて……、ネットリしてて……、匂いのキツいもの……だったなんて……。あうううう……。本当に、セックスって……、とてつもなくエッチなコト……なんだ……」

由貴は今、〈現実〉というものを文字どおり肌で感じている。これを機に自分から求めるようになってくれるといいのだが……。

そうして由貴の初セックスが幕を下ろしたあと、俺は給湯室から調達した濡れタオルを放心気味の彼女に渡してやった。

由貴はモタモタと汚れを拭い、服の乱れを直していたが、スーツのボタンを留める手をふと止めて、不安げに問いかけてくる。

「あ……、あのう……、これから、わたし……、どうすればいいんでしょうか……？」

「どう……とは？」

「え……、えっと……、その、上層部の方を……、せ……、接待……しなくてはならないんですよね……？　その日程とか……」

「ああ、そういうことか……。そういう具体的な段取りはこれからまた考えるから、キミはわたしからの連絡を待っていればいい。実際に接待するのは、もうしばらく先になるだろうしな。明日明後日は会社も休みだし、そんないきなりってことはないよ」

俺の答えにちょっと安心した様子で息をつき、再びボタンを留める手を動かす由貴。

「ああ……、そう……ですか……。つまり、今後の予定は、まだ決まっていない……っていうことですよね……？」

「そうだよ。だから今日はもう、帰ってゆっくり休むといい。精神的にも肉体的にも疲れただろう?」

「あ……。はい……。確かに、凄く頭が混乱してしまって、もう、何がなんだか……」

「とにかく、キミは一歩前進したんだ。そのことは間違いない」

俺が力強く断言すると、未だ官能の余韻から冷めきらずにフワフワしている由貴は丁寧に礼を言ってくれた。

そんな彼女を帰宅させ、俺はひとりオフィスに仁王立つ。

「フフフッ。やったぞ! あの大巨乳に、思いっきりザーメンをぶっかけてやったぞ! ああ、なんて爽快な気分なんだ!」

瞼を閉じてザーメンに汚された巨乳を思い返した俺は、ふと行為の中で由貴が返してきたセリフが気になってきた。

「ううむ……。しかし、なんだか変な娘ではあるな……」

ことセックスに関しては、由貴は俺が思いも寄らないような視点を持っている。

「だがまあ、それも彼女のスパイスだな。うむ。気持ちよければすべてよしだ!」

俺は自分に言い聞かせ、記憶に刻んだ光景にあらためて思い馳せるのだった。

「この週末の間、冷静になってよく考えてみたんですけど……、先日の話はとてつもなく胡散臭いと思うんです」

敵意剥きだしの目で、亜由美が俺を睨む。

うーむ。やっぱりこうなったか……。

月曜日の今日、亜由美と由貴のどちらを調教してやろうかと考えていた時に、亜由美のほうから〈営業時間後に話をさせてほしい〉とメールがあった。俺としては願ったりだ。

そうして、貸しきり状態になった人事部のオフィスで亜由美と顔を合わせたのだが、この有り様。もっとも、だからって今さら退くわけにはいかない。

「ふぅむ……。そう思ってしまうのも仕方がないが……」

「あなたを告訴することも考えています。今日は、そのことをお話するために……」

なるほど、そう来たか。だが、小娘のペースに乗せられて堪るか！

「まあ、そう慌てるな。フェイグルスに入社できなくてもいいのか？　もしわたしが、キミの言うとおりの悪人だとしたら、報復攻撃でキミの入社を全力で阻止するぞ？　仮に裁判でわたしが悪人だと判定されても、キミにはなんの得もない。たとえ正義があろうと、裁判を起こすような面倒な人間は採用されないぞ？」

「くっ！　卑怯な……！」

「告訴はキミの得にならない、ということを言ったんだ。もちろんわたしは、私利私欲のためにキミを抱いたのではないのだから、そんなふうに思われるのは心外だ」

「フンッ！　汚らわしいっ。見え透いたウソを、そんな真顔でよく言うわね」

「ウソではないよ……。まあ、内心、役得だと喜んではいるがね」

「まあっ！　お、臆面のない……！」

亜由美のキツい視線を、俺は爽やかな笑顔を作って受け流す。

「ワハハッ。お互い、本音でいこうじゃないか。告訴するなら、わたしに言わずに勝手にやればいいんだ。なぜ、わざわざ言いにきたんだ？　しかも、余人を交えずに」

「う……！　そ、それは……」

亜由美も、本音を言えば俺を信じたいはずだ。自分が、エロ中年にダマされてやられてしまった、ただのマヌケな女だと思いたくはあるまい。彼女が敢えてふたりきりで話をする場を設けたこと自体、それを物語っている。

しかし、何かを信じ続けるというのは案外難しいことだ。ことに、こういう胡散臭い話に対する不信感や抵抗感は、そう簡単には拭えはしないだろう。

だから俺は、亜由美の揺れる心をしっかりと支えてやらねばならない。

「わたしを信じてくれないか？あくまでわたしは、キミのために頑張っているんだよ」

「それにしては……、いやらしい行為を本気で愉しんでいませんでした？　役得というのはさておいても……」

「本気なのは当然だよ。なぜなら……、練習とはいえ本気でなくては意味がないからな。本番でいきなり、剥きだしの生々しい男の性欲にぶつかったら、きっと心が折れるぞ？」

その状況を想像したのか、亜由美は表情を硬くしてたじろぎ、顔を背けた。

「た、確かに……、それは……そうですね……」

俺の堂々とした暴論を真に受けているようだ。やはり所詮は小娘だな。

「まあしかし、翻って考えてみれば、わたしに性的な魅力がないのがキミに対してちょっと申し訳ないな」

「それは、どういうことですか？」

「つまり、わたしのような冴えない中年男よりもイケメンな若者とセックスするほうがキミの気持ち的にもマシだろうし……。わたしの〈キミのために敢えてセックスするんだ〉という言い分も、女に不自由してなさそうな容姿で言ったほうが説得力があるだろう？」

そんな自虐ネタさえも真に受けて、亜由美はニヤリと笑いやがった。

「フ……。確かにそれは言えますね」

亜由美は、まったくもって遠慮がない。ここは「またまた、ご謙遜を」くらい言うのが大人だろうに！　おのれぇいっ！　あとで思いきり恥ずかしい目に遭わせてやる……!!

俺は込み上げる激情をなだめつつ、亜由美の警戒心を解きにかかった。

「だから、キミの抵抗感は理解できないでもない。わたしだって、十五も年上で、美人でもないオバサンに……」

俺はいったん言葉を切って俯《うつむ》いた。

「どうしました？」

「わたしも若い頃、そういうオバサンに立場を利用してヤられたことがあるんだよ。同じ部署にいた独身のお局様でね……。ぺーぺーの新人で逆らえなかったわたしは、そのオバサンに酔った勢いでホテルに連れ込まれ、80キロはありそうな巨体でのしかかられ……、そして、まるで道具のように扱われて……」

再び言葉を切った俺は、夕陽に赤く染まった窓の外を遠い目で眺めてため息をつく。

「ふう……。つくづく、ツラい思い出だ」

目の端で、さり気なく亜由美の様子を窺う。俺の体験談はまったくの作り話なのだが、悲しげな演技が効いたのか、亜由美は「お気の毒に」と言いたげな顔をしていた。

「それで……、何か得たものはあったんですか？」

「いや……。目に見える形では何もなかったよ。オバサンはその後、わたしを疎んじて冷遇したし、むしろ損をしたと言えるくらいだ」

「あら……」

「それでもわたしは、その体験から学んだよ。人間とは恐ろしく身勝手で、性欲に翻弄される情けない生き物だということを、ね……」

苦笑いしながら言い、すぐに真顔に切り替えて亜由美の顔をじっと覗き込む。

「それに、嘆くばかりでは前進できないということも身をもって知ったよ。変えられない環境には順応するしかないのだし……。人間は、不快なものや信じたくないものを受け入れてこそ成長するんだ。わたしは、キミにもそのことをわかってもらいたい」

俺の言葉を黙って聞いていた亜由美は、少しの間、何やら考え込んでいた。そうしてから俺へと向けられた瞳は、真剣かつ同情的に見えた。

「そうですか……。あなたも、ツラい時期を乗り越えてきたんですね……」

「わかってもらえて嬉しいよ。ということは、わたしの言うことがウソではないと……、信じてくれた、ということだね？」

小さく「はい……」と頷いた亜由美に、俺は危うく小躍りしそうになる。

説得成功だ。このマヌケ女めが！　イヒヒヒッ!!

下卑た笑いを紳士の仮面で隠し、抱き寄せるタイミングを計る俺。一方、亜由美はどこか思い悩んでいるふうに視線を床へ落として口を開いた。

「ですけど……、わたしは女ですから、やっぱりセックスへの抵抗感は……、乗り越えられそうな気がしなくて……」

「それは無理もないことだな。セックスの悦びを、まだほとんど知らないのだから」

「えっ？　で、でも、例えそれを知ったとしても、好きな男性が相手でないと……」

「そういう考え方が、セックスの深さを知らない証拠さ」

俺はニヒルに笑ってみせながら、無防備に立つ亜由美へとにじり寄る。

「あ……!?　ちょ、ちょっと待って下さいっ。わたし、今日は、そういうつもりで来たんじゃあ……」

「フッ。結局、わたしが憎まれ役にならないと、キミは成長できないようだな……！」

俺は亜由美をソファに座らせ、あるポーズをさせた。服を乱して膝の裏をかかえさせたのだ。ブラウスの胸もとをはだけさせて乳房を、下腹部からタイツを脱がせてパンツを露わにさせてのことである。さらには、パンツの股ぐりをズラして秘所を剥きだしにする。

「やあぁっ！　こっ、このわたしに、こんな、みっともない格好をさせるなんて……！」

涙目で怒りに震えながらも、亜由美は俺の指示に従って両手で脚を支えていた。

「フフフ……。さすがに、つい先日まで処女だっただけのことはあるな。こんなに瑞々《みずみず》しい非処女オマンコは初めて見たぞ」

「そ、そんなに、マジマジと見ないで下さい……！」

「フ……。そう強張らないで、見られる快感に素直になったほうがいいぞ？」

　唇を卑猥に歪めて嗤《わら》い、まだ濡れていないプリプリした桜色の肉ビラを指でまさぐる。

「ひいっ⁉」

「上品そうな顔のわりに、ビラビラは意外と肉厚だな。ムラムラした時に、こんなふうに自分でイジったりしてるんだろう？」

「そっ、そんないやらしいコト、シてませんっ！」

　俺の問いかけをピシャリと跳ねつける亜由美。

「サービス精神のかけらもない答えだな……。そんなことじゃあ、入社できないぞ？」

「く……！　だ、だったら、どう言えばいいんですかっ？」

「男は一般的に〈恥じらいがある〉のと〈凄くエロい〉のを両立してる女が好きなんだ」

「おぞましいほどに、ムシがいいですね……。

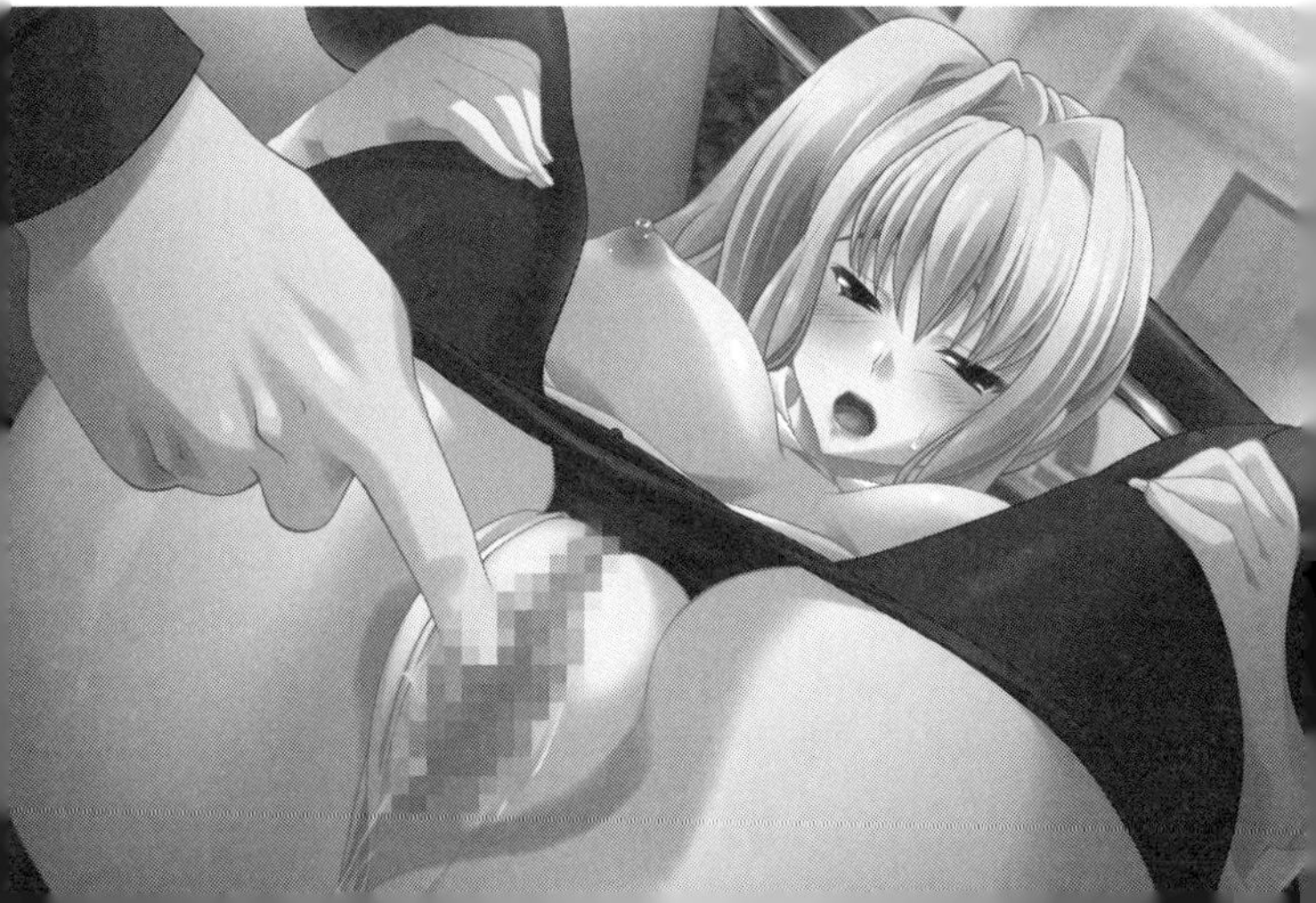

まるっきり矛盾してるじゃないですかっ」

「ムシがいいのは、男も女もお互い様さ。なあに、男を興奮させる楽しさに目覚めれば、その矛盾が却って面白く思えてくるよ。……で、この場合は、強く恥じらいつつも、オナニーしていることを否定しないのが正解だ。もう一度やってみよう」

そう言って、俺はクリトリスの包皮をクニュクニュと摩ってやった。

「あひっ⁉ ひ……、ひいあぁっ！」

ワレメから熱気が立ち昇り、肉ビラがジワリと濡れていく。

「セックスの経験がほとんどないのにクリトリスはわりと大きく発達している印象だな。やっぱり、時々自分でイジっているんだろう？」

「わ、わたし、そんなコトしてませんっ！ くうぅっ⁉ はあぁ……！」

「いやいや、違うだろ？ 男を興奮させるようなことを言うんだ。強く恥じらいつつも否定しない。さあ、もう一度」

促してみても、亜由美はすぐには応じなかった。俺の指が刻むクリトリスへの快感に、白い肌をゾクゾクと震わせて考え込んでいる。俺は再度促す。

「さあ、答えろ」

「うう……んっ。くうぅっ。はあぁ……！ わ、わたし……、性器を自分でイジったりなんて……、そんな、いやらしい……、モテない中年男みたいなコト、してませんっ！」

「なんだと……？　それは、俺に対する嫌味か？」

無礼なヤツだとばかりに、二本の指でクリトリスを強く摘まんだ。

「ひいいぃあぁっ⁉」

素っ頓狂な声をあげた亜由美がビクビクわななき、温かい蜜がたっぷりと溢れだす。

「ここまで来て、しようもない反抗をするな！　半端な気持ちだと却ってムダに苦しむだけだぞ？」

濡れた肉襞の間に指を滑らせ、クチュクチュと音を立てて膣口を弄んでやった。

「ひっ⁉　い、嫌っ！　その、下品な音……、そんな音、立てないで下さい！」

「お仕置きだ！　自分のマンコがどれだけ卑猥なのか、思い知れ！」

ヘンタイサイトで読んだ小技を思い起こし、指の腹を膣口に吸いつかせるように動かして、ピチャピチャと大きな音を立てる。

「やあぁっ！　こ、こんな下品な音、聴きたくありませんっ！　はあぁっ、はあぁ！」

口ではそう言っているが、音を立てれば立てるほど、温かい蜜がいっそう溢れてくる。

ふっくらと充血した肉ビラが左右に開き、クリトリスの下の、小ぢんまりとした尿道口までがクッキリと見えている。

「さあ、もう一度質問するぞ？　今度こそ、ちゃんと答えるんだぞ？」

俺はおもむろに膣口へ人差し指の先をズブリと差し入れた。

「くうぅっ⁉　ああ……！　な、中をっ、指が、擦ってるぅぅ……！」

ヘンタイサイトで覚えたテクニックで中をまさぐる。完全に熱く熟したヴァギナがパックリ開き、亜由美が全身をくねり悶えさせた。

「フフフ……。男にチンポを入れられる想像をしながら、こんなふうに自分の指でマンコをイジったりしてるんだろう？」

亜由美は答えない。快感に翻弄されながら考え込んでいるようだ。

「どうなんだ？　早く答えなさい！　こんな激しい指遣いで、いつもオナニーしてるんだろう？」

根もとまで指を突き入れると、ようやく亜由美が口を開いた。

「ひいぃっ⁉　そっ、そんな、乱暴な指遣いでは……、あっ⁉」

亜由美が「しまった！」という顔をする。演技には見えないが、素の反応だろうか？

いずれにしても、間違った答えではない。

「よし、いいぞ！　今度はご褒美だ！」

俺は言って、愛液でヌルヌルに濡れた指でクリトリスを捏ねるようにイジり立てた。

「やあぁっ！　あう……、あぁぁんっ！　そっ、そこはっ、敏感すぎて……、あひっ！」

「オナニーの時に、クリトリスはどんなふうにイジるんだ？　こんなふうに皮を剥いて、直に触るのか？」

「くひぃぃっ⁉ あ、熱くジンジン痺れて、大きくなっちゃってる、クリトリス……、皮を剥かれて、見られてる……！」

亜由美の言ったとおり、俺は指の間で震える肉真珠をじっと視姦してやる。

「フフフ……。こんなにプックラと勃起して、いやらしいクリトリスだな。オナニーの時も、こんなに勃起するのか？」

「ああっ！ こ、こんなに……、クリトリス熱くなったの、初めてですっ。やあぁん！」

「ほほう。じゃあ、いつものオナニーよりも熱く勃起しているというわけだな？」

「あうぅっ！ い、いつもっていう、ほどでは……！ んはうあぁっ！ あやあぁっ！」

俺は空いていた手で、ズボンの中から勃起したイチモツを掴みだした。

「あっ⁉ い、嫌っ！ な、何を……⁉」

「フフッ。このヌメヌメに濡れ開いたキミのマンコを目ン玉とチンポにしっかりと焼きつけて、生涯、オナニーに使ってやろうじゃないか」

屹立した肉竿を握り締めて緩く擦る。それを目の当《ま》たり《あ》にして亜由美が目を見張る。

「やあぁっ！ わ、わたしのアソコをオカズにして、オ、オナ……、オナニー、するなんて……！ あうあっ！ は、恥ずかしいわっ！ やあぁんっ！ そんなにオチンチン、扱かないで下さい……！ やあぁっ！ そんなに喰い入るように、覗かないで……！」

「何を言ってるんだ？ キミのこのマンコは、チンポを気持ちよくシコらせるためにこの世に存在するんだぞ？　フハハッ」

「うくうっ。で、でもっ、好きでもない人に、オ、オナニーさせるためでは……！」

「とか言いながら、チンポに目が釘づけじゃないか。そろそろ欲しくなってるんだろ？　ほら、ほらっ。ココは、こんなに涎塗《まみ》れだぞ？」

「そんな……!?　わ、わたし、欲しがってなんか……、あぁぁんっ！」

口でどう言おうと、亜由美のヴァギナは赤く熟れきって切なげに吐息を洩らしていた。

なので俺は、亜由美を壁際に立たせ、背後から遠慮なく剛直を突き入れてやる。

「くあぁっ!?　す、凄く太い……！　ああっ。裂けちゃいそう……！」

膣奥までズンと貫かれ、悔しそうな涙目で身震いする亜由美。まだ新品のようなキツ苦しい膣道が、挿入したばかりの俺のモノをほどよく圧迫している。

「うむ。その〈太い〉は、基本的なリップサービスだな。これからも言うといい」

「わ、わたし、そんなつもりでは……。くうっ！　ま、また、愛してもいない人のモノを……、はあっ、い、入れられてしまったわ……！　ど、どうして……？　くあぁっ!?」

「フンッ。その上、若いイケメンでもない、冴えない中年男の汚れチンポだしな……。悪うございました！　ケケケッ！」

サディスティックな笑みを浮かべてゆっくりめの抽送を開始した俺は、亜由美の両腕をかかえ込むようにして重力に囚われたオッパイに手を伸ばし、揉みしだく。

「くうぅっ！　ネ、ネットリとした欲情剥きだしの、オッパイをまさぐるような、いやらしい手つき……！　んくあぁっ!?　はあぁっ、あぁぁっ！」

「しかしな、わたしなどまだ〈オッサン〉を自称するにはおこがましい年齢なんだぞ？　四十代、五十代の脂っこさにくらべたら、まだまだヒヨッコだ。想像してみろ。ブヨブヨに弛んだ体のヒヒジジイが、臭い息を吐き散らかしながらキミの身体を貪る様子を……」

「はう……！　そ、そんな、おぞましいっ！」

　亜由美の肢体がブルブルと震え、肌の温度がジワっと上がった。

「その苦痛から逃れるためには、チンポが大好きになることだ。積極的に刺激して早くイかせれば、それだけ早く終わるのだし……。何より、チンポを味わうことに没入すれば、相手のキャラクターなんて関係なくなる。だから、マンコの感触に意識を集中してみろ」

「あう……！　ア、アソコの、感触に……、意識を、集中……？　くあぁっ！」

　俺の言葉に納得したのか、強張っていた亜由美の身体が緩む。すかさず俺は、ヘンタイサイトで覚えた必殺技……、〈8〉の字の捻りを加えた腰遣いを繰りだした。

「はあぁっ!?　な、中が……！　くまなく、擦りまくられてるうぅっ！　やあぁんっ！」

　亜由美の声に、一気に甘みが増す。

「そのまま、快感に没入するんだ！　俺の……、誰か特定の人物のチンポだと思うな！　単なるチンポそのもの……、チンポのイデアだと思え！」

「イ、イデア……？　はぁぁっ。ふ、普遍的な、原型で……、本質……？　んあぁんっ。持ち主との関連を、超越した、オ、オチンチンの、実質……。あっ⁉　やあぁぁっ！」

さすがはインテリ、俺の言わんとすることを即座に理解したらしい。

もっとも俺は、亜由美のプライドをくすぐるためにわざと小難しい単語を持ちだしたにすぎず、単に〈チンポそのもの〉と言いたいだけなのだがな。

「んあっ！　ふ、太い棒の、擦れる感触……。先っぽの、クビレの引っかかり……。はぁんっ！　欲望の激しさを感じさせる、この熱さ……。くはっ！　こ、これが、オチンチンの素の感触……？　あぁぁんっ！　偏見や邪念のない、素の快感……。んはうあぁっ！」

どうやら、ようやく亜由美もペニスのもたらす快感に心を開き始めたらしい。

「さあ。素直に、口に出して言ってみろ！　〈チンポが気持ちいい〉と！　それが未来を切り拓く呪文だっ！」

「あうっ！　オ、オ、オチンチン……！　気持ち、いいです……。くあぁっ！　やっ⁉　エ、エッチなことを言ったら、全身がいっそう敏感になって……、あっ⁉　オ、オチンチンの動きも……、激しくっ⁉　はあぁっ！」

「いいぞ。自分がどんなにエッチな状態なのか、相手に知らせて、お互いの気持ちを高めるんだ」

「あくうぅっ！　オ、オチンチンが……、あぁぁっ、いっそう熱く、硬くなってくれるのが……、はあぁっ、な、なぜか、嬉しくて……、くうぅんっ！ ふ、不本意だけど、実感として、わかってしまったわ……！ あぁぁんっ！ セ……、セックスの、快感……！ オ、オチンチンを、入れられる気持ちよさ……！ はあぁんんっ。ガッついた手つきで、オッパイをイジられる快感もっ！」

やったぞ！ 俺の工夫が功を奏して、亜由美の意識は変わりつつある!!

「前向きに心を開いてるじゃないか。偉いぞ、十文字さん。ご褒美に、もっと気持ちよくしてやろう」

俺は亜由美の乳首を摘まんで扱《しご》く一方で、力強く腰を打ち込む。

「はひあぁっ!? あやあぁっ、はあぁんっ！ 凄い……！ オ、オッパイをイジる指遣いと……、くあぁっ！ オ、オチンチンも、奥までズンズン響いて……、あうあぁっ!? やあぁっ！ そ、そして……、わ、わたしが、喘ぎ声を大きくあげるほどに……、あぁぁんっ！ オチンチンも、いっそう激しく動いて……、くあぁぁんっ!? あやあぁっ！」

「フフ……。自分のリアクションで興奮してもらえるってのは、嬉しいものだろう？ さあ、そのまま大声をあげながらイくんだっ！」

「で、でも……、こんな、会社の中で……、はうっ!? だ、誰かに、聴かれたら……！」

「フハッ！ そうだな。誰かが聞き耳を立てながら、オナニーしてるかもしれないな！」

高笑いとともに、俺は腰のスピードを最高速にまで上げた。

「あひあぁっ⁉　こ、声が、我慢できない……！　わたしのいやらしい声、誰かに聴かれちゃうっ！　やあぁんっ！　わたしの声で、オナニーされちゃうぅっ！　やぁっ！　は、恥ずかし……、ひあっ⁉　あやあぁっ！　イ、イくうぅっ……！　オ、オチンチンそのものに……、愛情のない擦れる快感にっ、イかされちゃう……‼　はひいあぁっ！」

亜由美の全身がガクガクと震え、その時が来たと知らせるように膣全体が締まる。

「イイィッくううぅあああぁぁ〜っ！　あひあやあああああああああぁぁぁ〜っ‼」

直後、強引に引き抜いた怒張を尻の谷間に擦りつけ、俺も絶頂に果てた。

「やあぁあぁっ！　お、お尻に……！　ヌルヌルのオチンチンが……、はあぁっ⁉　擦って、射精してるうぅっ⁉　くあぁっ！　射精の、ドビュッドビュ……て脈動が……、はあぁんっ、お尻に響いてる……！　い、いやらしすぎるわっ。やあぁんっ‼」

「フフフ……。今となっては射精の魅力もわかるだろう？」

「はうぅっ！　精液が、噴きだすたびに……、くあっ！　身体の芯に、熱いものが突き抜けて……。あぁあんっ！」

「まるで自分が射精しているような言葉だな。やっぱり感受性が強いんだな……」

そうして俺は、亜由美の肌の上に一滴残さず精液をぶちまけてやった。

「はあぁっ、はあぁぁ……。し、知りたくないのに、知ってしまったわ……。セックスの、本質的な、醍醐味……。ああ……。わ、わたし、売春婦になりたいわけじ

ゃあないのに……、どうして、こんな……？」

亜由美が呆然と呟く。理屈では納得していても、やはり割りきれないのだろう。

そんな亜由美の後ろ姿を見下ろし、俺は考えていた。

亜由美の調教は一日置きに進めたほうがよさそうだな……。とはいえ、もうひとりの獲物である由貴と日替わりで行うのには、今はまだリスクがある。

むしろ由貴は初体験からしばらく熟成させたほうが面白そうだし、とりあえず今週は亜由美に専念するとしよう。

＊　＊　＊

一日置いた水曜日の昼休みのあと、俺は会社の小会議室で亜由美と向き合っていた。昼《ひる》の日中《ひなか》に会社でセックスをするために、早い時間に来させたのだ。

つまり俺は、就業時間中にオフィスを抜けだしているわけだが、昨日のうちに段取りはつけてある。人事部長には「特別推薦の学生の相談に乗っている」というあながち間違いでもない説明で、許可を得ていた。

「その後どうだね？　心の整理はできてきたかい？」

「うぅん……。そ、そうですね……」

亜由美は恥じらって視線を逸らし、いくぶん戸惑ってから、俺の目を見た。

「その……、ふ、普通のセックスの醍醐味は、それなりに理解しました。だから、普通にスるだけなら、なんとか……なる……かも、しれないんですけど……」

「うむ。何か問題が？」

「その、接待となれば、おそらく、それなりのやり方があるはずですよね？　ただ受け身に、サれるだけではマズい……というか……」

「おお。いいことに気づいたな。さすがは聡明な十文字さんだ」

皮肉や嫌味にならないよう注意して褒めたつもりだが、亜由美はどこか苦々しげに俯いてしまう。

「うぅん……。〈いいこと〉というより、ツライ現実に気づいてしまったというか……。わたし、〈それなりのやり方〉をする気には、とてもなれないんです」

「ふぅむ……。現実以上の厳しい想像をして、ムダに苦しんでいないか？　キミが考える〈それなりのやり方〉とは、例えば？」

「え……!?　あ、あの……、いわゆる、その……、〈ご奉仕〉のような……」

「具体的に言ってもらわないとわからないよ」

恥ずかしそうに身震いしつつ、亜由美が唇を噛み締めた。

「く……！　た、例えば……、あの……、く、口で、スる……とか……。そして、せ、精子を……、あうぅっ、の、飲む……とか……」

「ああ。つまり、醜い中年オヤジの汚いチンポをその口でしゃぶって、臭いザーメンを飲み下す自分の姿を想像してるのか」

わざと下品に言ってやれば、亜由美の頬がカッと赤く染まる。

「そっ、そんな言い方、しないで下さい……！」

「ハハッ。悪い悪い……。だが、キミの想像どおり、それは絶対に必要なことだから、ぜひ修得すべきだ」

「くっ！　や、やっぱり……！　で、でも、そんなコトしなくても……、意外と、いけるんじゃないですか？　美肌とスタイルで充分に魅力を感じさせれば、普通の……、受け身なだけのセックスだけでもいいんじゃないですか？」

言ってることがムチャクチャになってるな。

どうやら亜由美は、〈それなりのやり方〉が必要だと思いつつも、それが嫌すぎて甘い考えに逃げようとしているようだ。

俺のチンポをシャブらせるためにも、ここはなんとしても説得しなければ……。

「キミは〈普通〉の感覚がズレているな。今時フェラチオしない女なんて、いないぞ？」

そう言ってプライドを刺激してやると、案の定、亜由美は柳眉を逆立てた。

「そ、そんなことぐらいは、わかってますっ。ですけど……、それは恋人だからこそ、できることで……」

未だかつて恋人がいたためしがないくせに、わかったふうなことを言いやがる。だが、所詮は恋を夢見る乙女の甘っちょろい幻想でしかない。それを俺がわからせてやる！

「相手の身になって考えてみろ。大概の男は、フェラチオのない接待なんてあり得ないと考えているんだぞ？　キミも、オマンコを指でイジられてビショビショのグチョグチョになってるのにチンポを入れられなかったら、腹が立つだろう？」

「え……!?　そ、それは……、まあ……、そう……かも……しれませんけど……」

酷く恥じらいながらも亜由美が肯定する。少しは可愛げが出てきたじゃないか。

それなら、もう一押しだ。

「というか、キミはフェラチオなどの自発的行為に、〈ヤらされる〉とか〈シてあげる〉というイメージを持ってるんだろう？」

「それは、当然そうです。純粋に、自分からシたくてスる女性なんて、いるわけがないでしょう？」

果たしてそうかな？　その考えを根本から変えてやるぜ！　俺はズバリ言ってやった。

「だが、先日のセックスでチンポ自体は好きになっただろう？」

「え……!?　い、いえ……、別に……。あの、好きになったわけでは……」

否定の言葉とは裏腹に、耳まで赤くした亜由美が露骨に動揺する。その狼狽っぷりに本人もごまかしきれないと思ったのか、最初の質問の答えを一部修正してきた。

「で、でも……、そうですね。考えてみれば……、経験豊富で、その……、ぺ、ペニスがとても好きな女性なら、そういうことも、あり得る……のかも……」

「となれば、チンポが好きな女性のほうが接待では有利だとは思わないか？」

「そ、そう言われてみれば……、そうですすね……」

ようやく亜由美にも、オーラルセックスの重要性が身に沁みてわかってきたようだ。

「なんとなくわかってきたんじゃないか？　接待セックスに、ご奉仕……というか、まずはフェラチオが欠かせないということが」

「た、確かに……。薄々、わかってきました」

そう言った亜由美だったが、すぐに困り果てた様子でため息をついた。

「けど……、やっぱり抵抗感は拭えないし……、どんなふうに、シたらいいのか、まったく想像もつきません……」

「だったら、仕方がない。今日もわたしが〈鬼〉にならねばならないようだな」

俺もため息をついてみせながら、亜由美の前に足を踏みだした。

「えっ!?　ま、まさか……、今から……、あのう……、く……、口で……!?」

愕然とした声をあげ、亜由美が不安げに一歩退く。けれどその瞳には、期待の光が瞬《またた》いているように俺には見えた。

「く……！　オ、オシッコのにおいがするわ……！　汚らしいっ」

披露した半勃ちペニスの前にしゃがませると、亜由美は悔しげな涙目を微妙に逸らす。

「フフッ。昨夜風呂に入ってからは洗ってないからな。まずは、その手で扱いてみせろ。先日、わたしがやってみせたように」

「し、扱くって……。く……！　確か……、こんなふうに……」

亜由美はオズオズと手を動かした。いかにも不慣れなぎこちなさが却って刺激的だ。

「うむ。悪くないぞ。なかなかスジがいいな。その、カリ首の段差の辺りを重点的に擦るようにするんだ……。おお。いいぞっ」

「くうぅ……！　こんな……、こんなモノ……、ヴァ、ヴァギナに入ってなければ、ただの汚らしいオシッコの棒じゃないの……！　どうして、こんな汚いモノを、このわたしが触って、扱かなきゃならないのよっ！」

怯えと怒りの混ざった声と、恥じらいとためらいの吐息が、亀頭にジンジン響く。

「や……！　ク、クニュクニュしてたのが、どんどん硬く、大きくなってく……！　あ、ああ……。においも、キツく立ち昇って……。やだっ。さ、先っぽから、ネットリとしたおつゆが垂れて……、あんっ、指に絡みついてくるわっ！　嫌あぁっ。ヌルヌルする！」

なんのかんの言いはしても、手の動きは徐々にスムーズに、リズミカルになっていた。

「ああ……。こ、この、鼻を突くキツいにおい……！　おぞましい……！　はあぁっ」

「その我慢汁の味が、慣れると堪らなく美味しく感じるんだそうだ。舐めてみろ」

「えっ!? で、でも、こんな、オシッコみたいなものを……」

「舌を出すんだ！」

俺の勢いに気圧《けお》され、ソロソロと舌を伸ばす亜由美。俺は腰をグイと突きだした。

「あぁっ!? し、舌にっ！ ネットリとした塩辛い味が……！」

「やめるな!! ここでやめたら、二度とできなくなるぞ！ 乗り越えるんだっ」

熱血教師のような俺の口調に驚いたのか、亜由美は全身をビクッと震わせて、怖々ながらも亀頭の先端に舌をあてがう。

「ピチャ、ペロ……、ピチャッ。くう……。し、舌に染み込むような、キツい味……。ペチャペチャ……、チュパッ。あぁぁ……。わ、わたし、男の人の、オシッコの出るところを……、オシッコの汚れを、舐めてる……！ ピチャクチュッ、チュパッ」

「いいカンジだぞ。そのまま扱きながら、もっといろんなところを舐めるんだ。主に、亀頭の裏側の割れてる部分だ。全体を舐めまわしつつ、時々そこを重点的に責めるんだ」

「亀頭の、裏側……？ ここかしら？ ペチャッ、ペロペロ……」

「おおっ！ そこだっ。いいカンジだぞ！」

「ああ……!? わたしが扱いて、舐めるほどに、ビクビク動いて、おつゆがいっそう溢れてくるわ……。はあぁっ、はあぁ……」

いつの間にか亜由美は、モジモジと切なげに腰をくねらせ始めた。

「ペロッ、ペチャペチャ……、クチュチュッ。こ、こんなに……、痛そうなほどに、ガチガチに……、ぼ、勃起、して……。はぁぁっ、はぁぁっ」

「フフフッ。フェラチオの愉しさがわかってきたろう?」

「あうっ。それは、どうだか……。でも、男の人が、気持ちよくなってるのが、ハッキリわかって……、凄くドキドキ、します……」

そう言って、亜由美はカリ首の裏側に力強く舌を押し当てて舐める。

「ペチャッ、ペチャペチャ……、ジュルルッ。あぁぁん。チ、チンチンが気持ちよさそうに、ビクビクッて震えると、キュンキュンして……。こ、こんな汚いオシッコの出口なのに

「……、なぜだか惹きつけられちゃう……！　チュパ……、チュッ、チュゥゥ……！」

なんと亜由美は、自発的に尿道口に唇を押しつけて吸い上げ始めた！　すでにご奉仕の快感に目覚めているようだな。

「くうっ。堪らないな……！　ほらっ。もっとしっかりと味わうんだ！」

「んむっ!?　んむむっ、んおぉ……！」

口いっぱいにズッポリと頬張らされて苦悶する亜由美。俺は容赦なく指示を飛ばす。

「そのまま口を窄めて、頭を前後に動かして、唇で扱くんだ！　歯を立てるなよっ？」

眉を顰めつつも、亜由美は言われたとおりに口を窄めて、頭をユルユルと前後させる。

「締めつけが足りないぞ！　もっと、唇に力を入れろっ」

「んおぉ……！　んジュルルッ、ジュブ……、ジュッ、ジュポジュポ……！」

今度は素直に唇で陰茎を力強く締めつけ、頑張って頭を動かし続けた。

「おおっ。いいぞ！　そのまま続けるんだ！」

亜由美の健気な動きぶりから、嫌々やらされているのではないということが窺える。彼女は今、ペニスを感じさせる愉しさを味わっている。その熱心な動きに、ついつい俺は我慢汁をたっぷりと漏らしてしまう。それどころか、早くも限界が近かった。

「くうぅっ。出るっ！　射精するぞ……！　その口で、しっかりと受け止めるんだぞ！」

亜由美は一瞬、不安そうに身体を強張らせたが、もう止まらないと悟ってか、すぐまた健気に頭を動かし始める。

「んジュルル……、ブジュッ、ズチュッ！ ジュブブ……、ズチュルルッ、ジュボ！」

「さあ、イくぞっ！」

叫んだ直後、熱い快感が肉棒の中心を一気に駆け抜け、先端から派手に迸る。

「んおおぉ……!? んごっ、おおおおおぉ……！」

「頭を止めるなっ!! 扱き続けるんだ！」

亜由美は苦悶の涙目になったものの、また頭を動かした。その生温かい口の中に、熱いモノを何度もぶちまける。

「んくおぉっ!? おおぉ……！ んぐ……、ぐぐぐ……」

さすがに精液を飲み下すのにはかなり抵抗があるようだが、甘やかしはしない。

「口に溜めるな！ 飲み下せ！ 吸飲しろ、亜由美！ 俺のチンポの穴を吸えっ！」

「んぐっ！ ん……、んむっ。ジュルルル……！ んぐっ。ゴクン……、ゴックンッ！」

悔しげに身震いこそすれど、射精を続ける亀頭を吸引し、音を立てて精液を飲み込む亜由美。苗字でなく名前を呼んでの言葉責めが功を奏したということは、やはりM的な快感を覚えているのではなかろうか？

「フハハッ！ 亜由美は美味しそうに精液を飲むんだな！ この、スケベ女め！」

そうして亜由美は、屈辱に頬を火照らせはしても、しおらしく亀頭を吸引し、俺の精液をすべて飲み下した。

とはいえ、これで終わりというわけじゃない。一仕事終えて惚けている亜由美を立ち上がらせると、オッパイを露出させ、タイツを脱がせる。同時に、俺自身もズボンとトランクスを脱ぎ捨て、亜由美のパンツの股ぐりをズラして衰え知らずの肉棒で膣を貫いた。

「やあぁっ⁉　しゃ、射精したばかりの……、精液のついたオチンチンが……、ああっ、入ってくるうっ⁉　くあぁぁっ！」

いきなりの挿入で正気に返った亜由美が、怒りの涙目で睨んでくる。しかし肝心のヴァギナはといえば、ビッショリと濡れ開いて剛直を咥え込んでいた。

「なーに、お前がしっかり舐めてくれたから精液は綺麗に落ちてるさ、たぶん。フフフ。それにしても、いい眺めだな。この、モッチリしたケツのふたつの丸みを見てると、チンポがいっそう硬くなって血管がビクビクと浮いてくるぞ」

「ああっ。わ、わたしのお尻で、こんなに……、カチンカチンに勃起されちゃってる⁉」

「ああ、そうだ。……で、今日はご奉仕の修行だからな。自分で腰を動かすんだ」

途端に、亜由美はギョッとして俺を振り返る。

「そっ、そんな、はしたないこと……！　できるわけないでしょう？」

「フンッ。ついさっきまで汚れチンポをしゃぶってザーメンを飲み下したスケベ女が、よく言うよ」

「く……！　や、やればいいんでしょう！」

やはりSっぽい意地悪な言葉が効果的なのか、亜由美は嫌そうな顔をしたまま、ギクシャクと尻を揺すりだした。

「う、上手く、動けないわ……。抜けてしまいそう……」

「明確な目的を持たずに漫然とやるからだっ。俺のチンポを使ってオナニーするつもりでやってみせろ」

「ま、またそんな、いっそうキツいことを……。それが、女性にとってどれだけ抵抗のあることか、考えたことはないの？」

「目的を遂げたいなら、やるしかない。自分の感情に配慮しろとは、まるっきり無能な寄生虫タイプのクズ社員の言《い》い種《ぐさ》だぞ」

「ク……、クズですって……？」

プライドの高いお嬢様は〈クズ〉というワードに過敏に反応した。

「いいか？　仕事を上手くこなすには、相手の身になって考えて、相手の都合に合わせて動くのが原則だ。我が侭を通すのは、百年早い！」

「くうぅ……！　く、悔しいけど、正論ね……」

「だから……、まずは〈あなたのチンポが気持ちいい〉というのを本気で相手に伝えることを覚えるんだ。男を操る腰遣い……なんてのは、そのあとだな」

俺の講釈もまんざらでもないようだ。渋々ながら納得した様子の亜由美が、今度はいろいろと角度などを工夫して腰を揺すっていく。

「ふう……。でも、オチンチンでオナニーだなんて……、わけがわからないっていうか、心がなさすぎるっていうか……。くあぁぁっ!? あうあぁっ、はあぁ……!」

どうやら亜由美は、自分の感じるポイントを見つけたらしい。明らかに感じている表情に変わり、腰の動きにも確信のあるスムーズなリズムができている。

「フフッ。いい声が出てるじゃないか。俺のチンポで感じてるエロマンコを見せてみろ」

「やぁぁっ! そ、そんなに、覗き込まないで下さいっ! あぁぁんっ! はうぁっ!」

恥じらいつつも、腰の動きはますます速く、力強くなっていく。

「ああ……。わたしの、はしたないアソコが……! ああっ、あぁぁんっ! どうしたら感じるのか、見られちゃってるぅ……! やぁぁっ!」

「〈アソコ〉なんて言うのはやめろ。言葉も大事なサービス要素なんだから手を抜くな。〈マンコ〉と言え」

「あうっ! そ、そんな下品すぎる言葉、とても……」

「言わないのなら、引っこ抜いて終わりにするぞっ!」

わずかに腰を退くなり、亜由美の尻が追いかけてくる。

「あぁっ!? やっ! そ、それは……!」

「だったら、言え！ 〈マンコが気持ちいい〉と！」

尻を振り立て続ける亜由美が、苦々しく唇を噛み締めた。

「はうっ！ オ、オマ……、オマン……、くうぅっ！」

恥じらいの気持ちを消し飛ばそうとしているのか、亜由美は腰振りのスピードを上げ、俺の下腹にパンパンと尻たぶを打ちつけてくる。そして……。

「あひっ⁉ オォ……、オマンコ……！ オマンコ気持ちいいですぅ……！ くあっ、やあぁん！ ああ……。〈オマンコ〉って口に出して言うと、オマンコがいっそう熱く敏感になって……、はひいあぁっ⁉ あやあぁんっ！」

腰の動きに呼応して大量の愛液が掻きだされ、亜由美の内腿をビショビショに濡らす。

「いいぞ！ お前がどんなふうに感じているのか、もっと赤裸々に白状しろ！」

「はあっ！ 山玉さんの……、あなたのオチンチンで、オナニーするのって……、す、凄く、感じちゃいますぅ……。あひっ⁉ わ、わたしのエッチな言葉で、オチンチンが、いっそう熱くなって……、ああっ！ オマンコ、いっそう感じちゃいます……！」

「この腰遣いが、俺のチンポが気持ちいいのだと言葉以上に雄弁に語っているな！ いいぞ！ そのままイッてみせろ！」

「はあぁっ！ チンチンオナニーでイッちゃうオマンコ、見られちゃうぅ……！ はひあぁっ⁉ やあぁんっ！ は、恥ずかしいけど……、やめられないわっ！」

全身をワナワナと震わせた亜由美は、無我夢中といった様子で腰を動かしていた。

「だ、男性と、キスすらしたことのない、このわたしが……！　くあっ！　オ、オチンポで……、オマンコ、擦りまくって悦んでるなんて……！　な、情けなくて……、恥ずかしくて……、みっともない……。けど……、ひあぁぁんっ⁉　山玉さんのチンポ、気持ちいぃ……！　あひいいぃあああああぁぁっ！」

亜由美の尻が絶頂の兆しを示した瞬間、俺の股間にも熱いモノが一気に込み上げる。

「オォ……、オマンコ、イくうぅあぁぁ～っ！　あひあうあああぁぁぁぁ～っ‼」

官能の頂点に達したヴァギナから、俺は急いで怒張を引き抜き、快感にプルプル震えている尻に灼熱の白マグマをぶっかけてやった。

「ひあぁんっ⁉　チンポオナニーでイッちゃった……。やぁぁっ！　あひあぁぁっ！　やらしいお尻に、精液が飛びついてくるうぅっ！」

「〈ザーメン〉と言えっ！」

「ひいぃんっ！　ザーメンが……、二回目なのに、こんなにいっぱい……⁉　あぁん！　お、お尻、熱いいぃ……！　ザーメン、お尻に打ちつけられるたびに、全身に甘い電流が疾《はし》って……。やあぁんっ！　あひあうあぁっ！」

そのまま俺は、睾丸が空っぽになるまで亜由美の身体に精液をぶっかけた。

コトが済んで気が落ち着くと、今日も亜由美は悲しそうな顔で服の乱れを直す。

「ああ……。わ、わたしの腰遣いで、オチンチンをイかせてしまったわ……。わたし、とうとう、あんなはしたないコトを……。まるっきり娼婦のようだわ……」

「うむ。今日はいつも以上に、よく頑張ったな。心情的にはツラいだろうが、キミは着実に進歩しているんだ。それは保証する」

せっかくのねぎらいを受け流し、亜由美は自己嫌悪した様子のまま帰っていった。

それにしても、どうやら亜由美は、M的な快感にハマりつつあるようだ。プライドの高い女ほどその傾向があるという俗説は、本当らしい。

俺は低く嗤って、小会議室から人事部のオフィスへと戻った。

*　　*　　*

金曜。周囲に怪しまれないように再び一日間を空けた今日、俺は昼休みが済む時間に合わせて亜由美を小会議室へ呼びだしていた。

亜由美の調教も佳境に差しかかっている。今日を含め、あと数回で俺が望んだ仕上がりに達しそうだ。

ところが、今日の亜由美はやけにご機嫌斜めな様子だった。

「一昨日のアレを思いだすたびに、頭がカーッて熱くなって、胸を掻き毟りたくなっちゃうのよ……」

　声自体は穏やかだが、亜由美が敬語でなくなるのは、かなり感情的になっている時だ。

　もっとも、距離感が縮まった証拠ともいえる。

「〈アレ〉ってなんだ？　わたしのチンポをしゃぶったことか？　それとも、ザーメンを飲み下したことか？　あるいは、本気で腰を振ったことか？　それとも、〈オマンコ〉とか〈チンチンオナニー気持ちいい〉とかって喚きちらし……」

「ああっ⁉　もう言わないでっ！」

　亜由美は恨みがましい怒りの眼差しで俺を睨んだ。

「んもう……。いろいろと、いやらしいコトばかりサせられているけど、これで入社できなかったら、あなたを破滅させてやるわっ」

「フンッ。小娘が！　チンポの一本や二本しゃぶったくらいで不幸ぶるなよ」

「なっ、なんですって……⁉」

「その程度で、苦難のヤマを越えたと思うなよ？　我が社には、今のキミよりも遥かに凄いコトをヤってる女が、いくらでもいるんだぞっ」

「一昨日のアレよりも、遥かに凄いコト……？　想像を絶するわ……」

　呆然と呟いた亜由美が自信なさげで悲しそうな顔をした。

「もう、そこまでして自己実現しなくてもいいかも……。どうせわたし、フェイグルスに入社しても何年かで辞めるつもりなんだし……」

予想外の言葉に、今度は俺が驚いてしまう。

「え……？　そ、それはどういうことだ⁉」

「わたし、自分でＩＴ企業の経営をするのが夢だから……。その経営術を、同業種の世界ナンバーワン企業で、実地で学びたいと思ったから、ここに入りたくて……」

「そういうことだったのか……」

なるほど。世界的な経営学者のひとり娘なのだから、そういう野心をいだくのも当然なのかもしれない。

だがしかし、それを俺の前で口に出したのは、〈もう入社できなくてもいい〉という投げやりな気持ちの表れとも考えられる。これはマズいぞ！

俺は素早く頭を働かせ、咄嗟に思いついた対処法を実践する。

「そんな危険な本音を打ち明けてくれるなんて、ずいぶん信用してくれてるんだな……。嬉しいよ」

「別に、そんなつもりじゃあ……」

相変わらず否定的なセリフを返してくるが、彼女の態度にはそこはかとない柔和さが垣間見えた。いい傾向だ。俺は繰り返し告げる。

「キミがどういうつもりであったとしても、わたしは嬉しいよ」

ニッコリと微笑んでから、あらためて真顔を作った。

「……で、キミが今感じているのは〈産みの苦しみ〉だ。決して徒労じゃない。それはわたしが保証する。そして……」

いったん言葉を切り、わずかに身を乗りだして亜由美の瞳を覗き込む。

「正直なところ、キミは、フェラチオなどしていて悦びを感じただろう？　それを恥じることはないいんだ。あの快感を、もっと味わえるようになればいいんだ」

「う……。た、確かに、男性に感じてもらうことの嬉しさは……、わかってきたと思うけど……。でも、その気持ちが、いつも味わえるわけではないでしょう？」

「いや……。意外と、不本意こそ快感なんだぞ？　キミも、強引にマンコを見られる瞬間にゾクゾクッと感じたりすること、あるだろう？」

ゲスなセリフを大真面目な口調で言えば、亜由美がハッとして顔を顰めた。

「あうっ！　うう……。そ、それは……、まあ、完全に、否定はしないけど……」

「気の持ちようで、不本意さや不安さはスパイスにできるのさ」

「で、でも、〈凄いコト〉って、実際、どんなコトをスるの……？」

そう訊いてくる亜由美は不快そうな顔をしてはいる。けれども、じっと俺を見つめる瞳は〈凄いコト〉への期待と興奮で輝いているように感じられた。

俺は考える。実のところ、彼女の心の中では強烈なM的欲求が燃えさかっていて、それを認めたくないと理性が必死で抵抗しているのではないだろうか？　だからこそ、口からは否定の言葉が出ているのかもしれない。

よし。亜由美が悦びそうな範囲で、〈凄いコト〉を実地で説明してやるか……！

「セックスする場所を変えるんだ。今までのキミには、思いも及ばないような危険な場所へな。フフフ……」

「ば、場所を……？　今までで充分に危険な場所だったのに、それ以上となると……」

亜由美が頬を赤らめ、太腿をモジモジと擦り合わせ始めた。

妄想して興奮し始めたな？　いいぞ！

「と、とても、そんなコト、できる自信がないわ……。それこそ、本当に破滅してしまうかも……。はあぁっ、はあぁ……」

呟きとは裏腹に、息が熱く荒くなっている。亜由美の心の奥底では、「その危険なエロスを味わいたい！」という欲望がグツグツと煮えているはずだ。

ようし！　ここで一気に押しまくって、そのドスケベなマグマを噴出させてやる‼

亜由美のM女の才能を全開で開花させるべく、俺はすぐに行動を開始した。

「じゃあ、今から社内見学をさせてやろう」

おもむろに亜由美の腕を掴み、ドアへと歩きだす。

「え……？　見学？　それって、どういう……？」

「フフフ……。来ればわかるさ。さあ、来るんだ！」

　そうして俺は、困惑する亜由美を小会議室から強引に連れだした。

「あ、ある程度予想はしてましたけど……、まさか、こんな場所で……、こんな大胆なコトを……。大丈夫なんですか？」

　指示どおりに、露出させたオッパイに肉棒を挟んだ亜由美が涙目で訊いてくる。不安から か、その口調は比較的しおらしい敬語に戻っていた。

「フ……。これは〈見学〉というより、一種の〈体験入社〉だったかな？　まあ、オヤツの時間でもないし、基本的には大丈夫だろう。もっとも、イレギュラーがあったらどうなるかわからないがな……。フフフッ」

「ああ……。こ、こんな姿を他人に見られてしまったら……、とても入社なんてできないわ……。いえ、それどころか……。ああ……。恐ろしくて、想像もできないわ……！」

「でもな、この場所での接待は結構人気があるんだぞ？　背徳感が堪らない、とかでな」

　俺達が今いる給湯室は人事部のオフィスから歩いて十秒の場所にある。今さらながら、クソ真面目に仕事をしている同僚達への優越感がゾクゾク込み上げてきた。

「そんなことより、そのまま強く挟みつけながらオッパイを上下に動かすんだ。チンポを使ってオッパイオナニーしてるつもりでな」

「あう……。そんな気分には、とても……」

「四の五の言うな‼　早くやるんだ！」

「ひっ⁉　や……、やりますから、そんな大きな声を出さないで下さい……」

亜由美はブルリと身震いしつつも、オッパイを上下にユサユサと動かしていく。

「はふぅ……。思いきって始めてみたら……、やけにオッパイが熱くなってきたわ……。ああ……。こんな昼の日中の、みんな働いてる時に……、わたし、オッパイを自分で揺ぶって、オチンチンを擦ってるんだわ……！」

「フフフッ。その、指で乳輪をまさぐってるのは、チンポをいっそう感じさせるためのアピールか？　それとも、本気で感じてるのか？」

「あう……！　こ、これは……！　あのう……、はあぁっ、はあぁ……。知らず知らずのうちに、乳首が、熱くなって……」

さも恥ずかしそうに言うが、亜由美の指は止まらず、勃起乳首をモゾモゾ弄んでいる。

「はあぁっ。じ、自分でイジっちゃってる、このエッチな乳首……、ジイッと見られて、勃起オチンチンの先、ネットリ湿ってるぅ……！」

「ようし。そのまま舌を伸ばして、オッパイの間から見え隠れする亀頭を舐めるんだ」

「ええっ⁉　そ、それって、他人に見られたら、いっそう危険な……」

「いいから、やるんだ！　他人に見られたら、お前が俺を誘惑してると見えるくらいの勢いで、しっかりと奉仕するんだっ！」

　俺に怒鳴られて、亜由美は慌てて舌を伸ばした。

「ジュルル……、ピチャッ、ジュル……。んあ！　やあぁんっ。涎が、こんなにいっぱい……！」

「なんだ、上品ぶったようなことを言ってたわりに、口の中では涎を溢れさせてたんじゃないか。ひょっとして、マンコももうビショビショなのか？」

「はう……！　そっ、そんなことは……。あぁぁん……！　ピチャピチャ、チュバッ。クチュチュッ」

　快感の喘ぎを洩らし、懸命にオッパイを動かして亀頭を積極的に舐める亜由美。

「あぁんっ。オッパイでオチンチンを扱くなんて、やらしすぎるわっ。はあぁっ、あ

あぁんっ。こんな淫乱な姿、誰にも見せられないわ……」

「フフフッ。スリリングだろう？　こういうセックスができないと、この会社ではやっていけないんだぞ？」

「んあぁんっ。こ、こんな凄いコトを……？　でも……、凄いからこそ、接待になるわけで……、な、なんだか、納得してきちゃいました……。んジュルルッ。ピチャチュパッ。わたしの涎で、オチンチンも、オッパイもヌルヌル……！　はあぁんっ。オチンポが擦れるたびに、ヌチュッヌチュッて、オッパイの間からいやらしい音が……！」

　自分がしている行為をいちいち口に出すことで、亜由美の高ぶりは確実に増していた。

「あうっ。オチンポでオッパイ擦ってると……、はあぁっ、乳首がムズムズ疼いて、イジると痺れちゃいます……！　あぁぁんっ！　あ、熱い肉の棒の、クッキリ浮いた裏筋や、くびれたカリ首に、オッパイ擦れて……、あぁぁんっ！　コーフンしちゃいます……！　はあぁんっ！　も、もっと、わたしのオッパイでコーフンして、オチンポ、熱く勃起させて下さいっ。はあぁっ、あうあぁ……！」

　左右の肉房を剛棒に強く押しつけて、熱心に上下させる。そのリズムが、どんどん速くなっていく。

「フフッ。淫乱モードに入ったな、このスケベ女め！」

「あはぁっ！　カウパーの匂いが立ち昇って……、あぁぁんっ、オマンコムズムズしちゃうっ！　もっと舐めさせて下さいっ」

「カウパーもいいが、〈我慢汁〉と言え。どうだ、俺の我慢汁の味はっ？」

「くうぅんっ。あなたの我慢汁、美味しいですっ。ピチャピチャ……、ペロッ。舐めてると、身体中が熱くなって……、オチンポ、イかせてあげたくなっちゃいますっ！」

亜由美は夢中でパイズリをし、亀頭の先端を舐め、俺に射精を促した。

「射精してるところに誰か入ってきたら、ごまかしようもないな。フフフ……」

「あうっ！　そっ、それは困りますっ。けど……、あぁぁんっ！　あなたの射精が見たくて……、ザーメン欲しくて、堪りません！　このまま、出して下さいっ！　わたしのオッパイに、ザーメンたっぷりぶちまけて下さいっ!!　はぁぁんっ！　ジュルジュルッ」

「フ……。仕方がないな。そこまで言うなら、イッてやっても……、うぅぅっ!?」

油断した隙に舌先で尿道口を激しく責められ、俺は一瞬で我慢の限界を超えてしまう。

「あぁぁんっ！　はう……、あっ!?　オ、オッパイの間でオチンポが……、やあぁっ!?　激しく暴れながらピュッピュッて……、はあぁっ！　弾けるような射精の震動がオッパイに響いて……、あうあぁっ!?　オッパイ、気持ちいいいぃっ！　やあぁんっ！」

亜由美は無我夢中でオッパイを動かして、射精中のイチモツを扱き立てた。

「あぁ……。パイズリ、気持ちいいわ……！　オッパイで、オチンポイかせるのが、こんなに愉しいことだったなんて……！　あぁぁんっ！　もっと、全部、オッパイにぶっかけて下さい！　わたしのオッパイ、あなたのザーメンでグチョグチョに汚して下さい‼」

搾られるまま、俺は亜由美の顔やオッパイに思う存分熱い白濁液をぶちまけた。

パイズリを堪能した俺は、けれどそれだけでは満足しなかった。

精液を綺麗に拭って身なりを整えた亜由美を連れて、再び場所を移す。

「ウ、ウソ……⁉　これはもう、屋外じゃないですか……！　くあぁぁっ⁉」

亜由美の声が涙に震えていた。それはそうだ。ここは社屋の屋上だからな。

しかし、彼女のヴァギナはパイズリの時からしとどに濡れ開いていて、興奮でビンビンに反り返った俺の肉棒を、あっさりと咥え込んでしまう。

「フフフ。このビルの周囲にも高層ビルがいくつも建っているからな。どこから見られているか、わかったものじゃないぞ？」

「やっ！　オ、オチンポ挿入されてるオマンコ、こんな明るい陽の光に照らされてる！」

「フハハッ。そうさ！　わたしのキンタマの裏もケツの穴も、世間様に全部まる見えだ」

「ああ……。周りから、視線を感じるわ……！　くうっ。軽蔑の冷ややかな視線が、全身に突き刺さる……！　はあぁっ！」

そう言って身震いする亜由美を眺めていると、彼女が見せる、いつもの涙目の悔しい表情も、ある種のプレイのように思えてきた。

「軽蔑ばかりではないだろう？　欲情の熱い視線もたっぷりと注がれてるさ。何から何まで全部見られてオカズにされてるぞ？」

「はうぅ……！　わ、わたしの、この恥ずかしい姿が、どこの誰ともしれない男性達のオナニーネタに……。はあぁっ、あうあぁっ。あぁぁん……！」

身体の中を火で炙られているかのように、半裸の亜由美が全身で悶えだす。

「想像してみろ。お前のこの姿で興奮して、熱く勃起して、先端を濡らしている莫大《ばくだい》なチンポの群れを……」

「やぁあっ。頭の中が、オチンポでいっぱいになってく……！　あっ⁉　やぁぁんっ！　オ、オチンポが、わたしを見ながらどんどん熱くなっていって……、ああっ、ガチガチに勃起して……、先っぽに我慢汁を滲ませて……、くあっ⁉　その勃起オチンポを握り締めて……、わたしの、この姿を見ながら、シコシコ、シコシコって……、はあああっ⁉」

亜由美は突然、雷に打たれたかの如く、全身をビクンと激震させた。

「あひいいぃんっ！　み、見られたくないのにっ、見られたくって堪らないわあぁっ‼」

まるで何かが吹っ切れたような……、ぶ厚い殻をぶち破ったかのような……、性のケダモノとして生まれ変わったかのような……、そんな貪欲な声をあげる亜由美。

「あへあぁっ！　も、もっとぉっ！　オチンポズボズボぶち込んでくらさい……！　はひあっ！　あへゃあぁぁっ！　しゅ、就業時間中に、屋外で、オマンコをさらす、このスリル……。後ろめたさ……。最高れすうぅっ！　ひいやあぁぁんっ！」

解放感たっぷりの嬌声を、遠くから覗く男達に聞いてもらいたがっているかのようだ。

「フフッ。どうやら〈体験入社〉は成功のようだな。自信がついてきただろう？　どんなセックスでも、こなして愉しむ自信が」

「はうぅっ。オ、オチンポさえあれば……、あへぇっ、わたしにコーフンひてくれるチンポさえあれば、わたし、幸へれすうぅ……！　ひあぁんっ！　で、ですから……、もっと激ひく、奥まれ突いてくらさいっ！　はひやあぁっ！　あられもなく感じて乱れへる、わたしの恥ずかひい姿で、オチンポ、もっともっとビリビリ感じさせたいんれすっ！」

要望どおりに、俺は腰のスピードを加速させた。

「へあぁんっ！　オ、オマンコ感じひゃうぅっ！　横暴な中年チンポにズコズコされて、蕩けそうなほど感じひゃってるうぅ……！　くあっ⁉　無数の男性の、やらひい視線が、身体中に絡みついて、まさぐられて……、ひぃんっ！　堪らないわあぁっ。チンポと一緒に、視線がオマンコに入り込んで……、ひあっ⁉　子宮の奥まで覗かれてるうぅっ！」

亜由美が全身の肌を火照らせ、空に響き渡る快感の悲鳴をあげて、くねり悶える。

「あへやぁっ⁉　イッ、イッひゃうぅ……、イッひゃう姿も、見られひゃうっ！　やぁあぁんっ！　エロ中年の汚いチンポにイかされひゃう、わたしの、はひたないマンコ……見られひゃうぅっ！　あえあぁぁっ！」

「ワハハッ。〈エロ中年の汚いチンポ〉か！　いいぞ！　遠慮しないでもっと言えっ！」

「あうあっ！　下品でっ、意地悪でっ、悪趣味なっ、冴えない中年オヤジの、オシッコ臭い汚れチンポでっ、イッひゃううぅっ!!」

「よぅし、よく言った！　褒美に中出しでイかせてやるぞ！」

「ひいいぃんっ!?　な、中出ひされひゃう……！　中年チンポのドロドロした汚いザーメン、オマンコに注がれひゃうぅっ!!　やあぁっ！」

物言いこそ嫌そうではあるが、亜由美は膣内射精を待ち侘びてブルブル震えていた。

「そら、出すぞっ！　ザーメンぶち込むぞっ！」

「あひぃっ!?　ら、らめえぇっ！　中はらめえぇっ！　や、やめ……、あへあぁっ！」

言葉とは裏腹に、いかにも物欲しげに俺の下腹へ尻を押しつけてくる亜由美。

「あっ!?　オ、オチンポが、わたしの中で今にも弾けそうに!?　ら、らめえええぇっ!!」

その絶叫とほぼ同時に、俺は膣奥深くに突き入れた亀頭を弾けさせた。

「イイィッひゃうぅあああぁ〜っ！　あへはやあうあああああぁぁぁぁ〜っ!!」

絶頂の快感にビクビクわななくヴァギナに、容赦なく熱い精液を注ぎ込む。

「あひいぃっ!?　な、中に出ひてるううぅ……！　チンポの先から、熱いザーメン、子宮にぶちまけてるうぅっ！　ひいぃあぁっ！　やあぁっ！　中年チンポの白いオシッコ、マンコに注がれひゃってるうぅっ！　あひいあぁっ！　あへあやあぁっ！」

亜由美の露悪的な言葉が、俺の快感を倍増させた。彼女自身もきっと、心の中で燃え盛る炎に言葉の油をぶっかけている気分なのだろう。

「ヒーッヒヒヒッ！　どうだ⁉　俺のキンタマ袋で発酵させた濃厚ザーメンの味はっ！」

「ひあああぁんっ！　お酒を内臓にぶち込んだみたいに、痛いほどジンジン沁みてますうぅっ！　あなたの……、山玉さんのザーメンがあぁっ！　あやあぁんっ！　あなたの中出ひザーメン、サイコーに気持ひいぃれすううぅ～っ！　ひいぃんっ！」

　イカレてイカした亜由美の嬌声を愉しみ、俺は彼女の体内に一滴残さず放出した。

「あへぇっ！　オ、オマンコ、染まっひゃうぅ……。山玉さんの……、あなたのオチンポにいぃ……！」

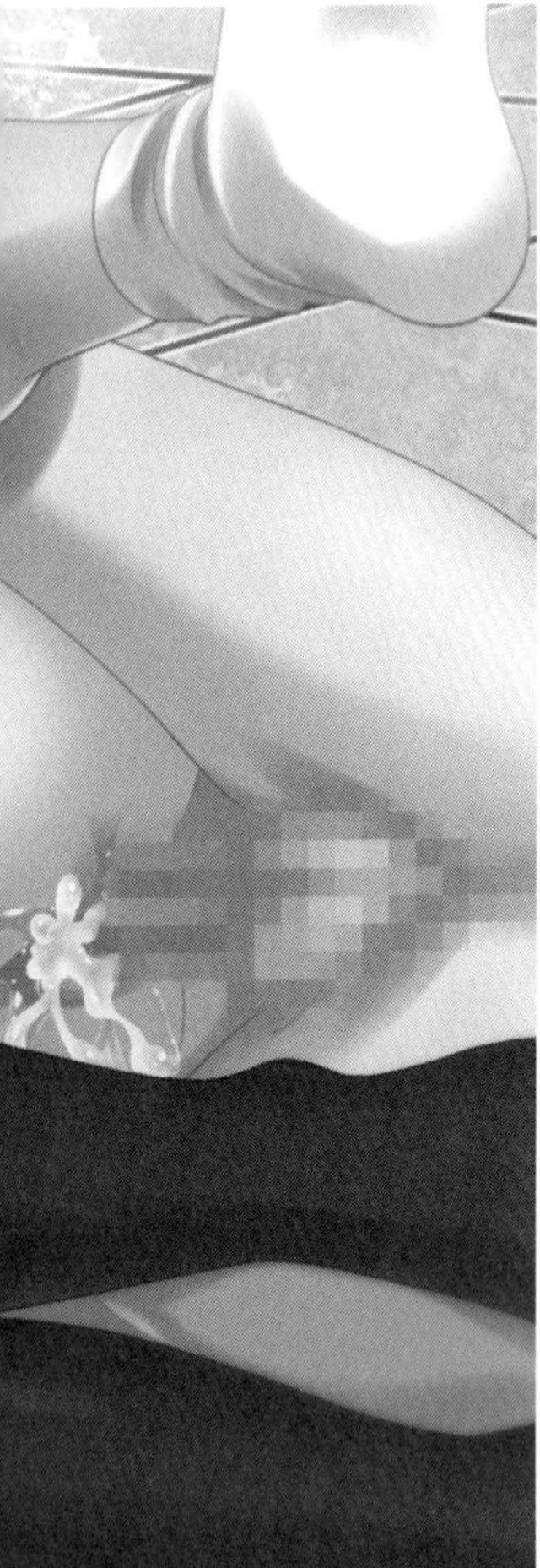

屋上での後始末を済ませて小会議室に戻るなり、俺は亜由美にアフターピルを与えた。さすがに、中出ししたまま放っておくわけにはいかない。

「ほら。もう二錠やるから、十二時間以内に必ず飲むんだぞ？」

亜由美は受け取った白い錠剤を見つめ、悲しそうなため息をついた。

「ふう……。こんなコトをシてていいのかしら……？　まるで、破滅に向かって突っ走っているようだわ……」

「キミが感じているのは〈産みの苦しみ〉だと言っただろう？　大丈夫だ。何度でも言うが、このわたしが保証する」

俺は優しい笑みを浮かべて力強く頷くと、どこかおぼつかない足取りで帰宅する亜由美の後ろ姿を見送った。

「ククク……。いいカンジに壊れてきたじゃないか」

亜由美は間違いなく、俺のヘンタイセックスにハマりつつある。あと一歩だ。とはいえ、明日から会社は二連休。それに、由貴のこともあるしな。

「亜由美には、しばらくの間ひとりで焦れていてもらうとしよう。ウヒヒッ」

人事部のオフィスに向かう俺の足取りは、いつにも増して軽やかだった。

週末の間、俺はひとりビジネスホテルの部屋に籠り、それまでの亜由美の調教を反芻しつつ、次の計画を練った。

そう。もうひとりの就活生、片倉由貴を調教するプランを、だ。

由貴の処女を奪ってからの一週間、俺は敢えて彼女とコンタクトを取らなかった。もちろん、亜由美の調教で忙しかったたし、会社の通常業務だってあったからな。

ふたりの順番で亜由美を優先させたのは偶然からだったが、それはそれで都合がいいという考えもあった。なぜなら、由貴には妄想癖のようなものが見受けられたからだ。

処女を奪われ、初めてのセックスで快感まで刻まれたのに、一週間もほったらかし。俺からの連絡を待つ間、彼女お得意の妄想で悶々とした日々を送っていたのじゃないだろうか？　今頃、相当エロエロな気分になっているのじゃないだろうか？

そんな期待も込めて、月曜の就業時間終了後に人事部オフィスへ来るようにと由貴宛にメールを送る。

そうして迎えた月曜日のオフィス貸しきりタイム。中九日で顔を合わせた由貴は、相変わらずオドオドとしていた。

とはいえ、俺の顔を見るなり、初体験の快感を思いだしたのか、頬を赤くする。

「どうだね？　気分は落ち着いたかい？」

「あ……。は、はい……。そ……、その……、あ、あれから、か……、身体での接待……の件について、あ……、あらためて考えてみたんですけど……」

途切れ途切れのセリフにも羞恥の感情が滲みでていた。俺は逸る心を抑えて頷く。

「うむ。それで？」

「あ……、あのう……、しょ……、正直、凄く……胡散臭い話だと……思うんです……」

あれ？　正直、これは予想外だった。まさか由貴が、亜由美と同じような思考の持ち主とは思わなかったのだ。当てがハズれた思いで、俺は腕を組んだ。

「うーむ……。まあ、ひとりで考え込んでると、そういう疑念が悪戯に肥大しがちだな」

「え……、ええ……。ですから……、その……、ネットでいろんな人に意見を求めてみたんですけど、〈そんなのウソだ〉っていう声が圧倒的に多いんですよ……」

「なっ、なにぃっ⁉　ネットで⁉」

俺は思わず大声をあげていた。「ひ……⁉」と怯えて身を竦ませる由貴に掴みかからんばかりの勢いで詰め寄る。

「お、おいっ！　何を考えてるんだ⁉　そんなことをしたら、フェイグルス自体が危機に陥ってしまうじゃないか！」

辛うじて「俺のエロい企みが露見するじゃないか！」という本音は呑み込んだものの、軽いパニック状態だ。

亜由美の告訴云々に動じなかったのは、それが交渉のカードでしかなかったからだ。つまり、実際に告訴されるまでは、いくらでも打つ手があった。だがしかし、今回はあとの祭り。すでにネットで拡散してしまっているだろうから、打つ手がない。

迂闊だった。片倉由貴というボッチなオタク女の本質を見誤った。

俺が頭をかかえていると、状況が理解できなかったのか、俺の剣幕に思考が停止したのか知らんが、しばらくキョトンとしていた由貴が慌てて動きだす。

「え……？　あ……。あの……、も……、申し訳ありませんっ！　か……、会社名とか、個人名とかは……、一切出してないんです……けど……」

「キミの個人名も……？　身バレしない？」

「は……、はい……。完全に匿名です……。ＩＰも変えてありますし、ぶ……、文体も普段とは全然違うものにしましたから……、バレることはないと思います……」

それを聞いて安堵した俺は、長いため息をつきながらドスンとイスに座り込んだ。

「むう……。そ、それなら……、まあ、いいか……。しかし、心臓に悪い……」

チラリと由貴を見やり、俺は続ける。

「わたしも確かに〈真実は埋没する〉てなことは言ったがね……。だが、こんな危険なことをする人は、入社してもらわないほうがいいかもしれないな……」

「あ……！　も……、申し訳ありませんっ！　絶対にっ、二度とっ、こんなことはしませんから……！　お願いですから、切らないで下さい!!」

泣きべそをかいて訴えてくる由貴。その必死さは信用に値するか……。

「ふぅむ……。まあ、これでよくないことだとわかっただろうから、二度とやらないだろう。信用するよ」

「あ……、ありがとうございます……!!　本当に、申し訳ありませんでした……！」

ペコペコと何度も頭を下げるたび、目の端から涙の雫が一粒こぼれた。

まあ、これも由貴の攻略には欠かせない通過点だったのかもしれないが……、つくづく面倒なヤツだなぁ。

「……で、話を戻すが……、ネットで集めたその声に後押しされて、胡散臭いという気持ちがいっそう高まった……というわけだな？」

「ううぅ……」

返事に困っていやがる。ザマーミロ、このネット中毒のオタク女めが！　イーッヒヒヒヒッ!!　俺は内心で嬉々としつつ、真顔を装った。

「別に責めてるんじゃないぞ？　話を整理しただけだ。……で、わたしとしては、そんなふうに思われるのは心外だ。怒りを通り越して、悲しみすら覚える」

「す……、すみません……」

　消え入りそうな声で由貴が詫びた。俺は「ふぅ……」と息を吐き、なだめてやる。

「だが、キミの性格的に、疑念をひとりでモヤモヤと育て上げてしまうのは仕方がないとは思うよ……。やっぱりキミは、頭でっかちなんだな。先日も言っただろう？　行動する前にゴチャゴチャ考えて、その空想がいつの間にか〈事実〉になっているんだ……と。今回も、そのまんまだよ」

「あ……!?　そ……、そういえば……、そう……ですね……」

　頷く由貴の表情には俺への信頼感が徐々に甦ってきているようだ。このまままたたみかけて、今日もセックスに持ち込んでやる。

「だいたい、ネットで訊けば否定されるのが当たり前なんだ。普通の人には知り得ないことなんだからな」

「そ……、そうでした……。でも……、だ……、だったら、このゴチャゴチャ考えてしまう性分は、どうしたらいいんでしょう……？　とにかく、なるべく考えないように……、が……、我慢するしかないんでしょうか……？」

　その言葉どおり、由貴はすでにゴチャゴチャ考えつつあるらしい。綺麗な顔を歪めて悩みを打ち明け、この俺に縋ってくる。さあ、一気に追い込むぞ！

ニーでもシてろ」

「そうやってゴチャゴチャ考えてる自分に気づいたら、考えるのをスパッとやめて、オナ

「え……？　え？　えっ⁉　そ……、そんなコト……！」

耳までまっ赤にした由貴が、メガネレンズの奥の目を白黒させた。もっとも、彼女のその顔に嫌悪感がないことを俺は見逃さず、なおも強気で責め立ててやる。

「ムダにクヨクヨするくらいなら、オナニーでもシてたほうがよっぽどいいだろ？　ネクラの深刻ぶったクヨクヨ思考なんて、その程度のものだ」

俺はいったん口を閉ざし、由貴の様子を窺った。

すると、どうだろう。さっきまでとは打って変わり、由貴の顔に笑みが広がっていく。

「フフ……。乱暴ですけど、快刀乱麻《かいとうらんま》ですね。縺《もつ》れた思考の糸をスパッと切られちゃったような……。ちょっと気分がスッキリしました」

お……？　気分どころか、口調までスッキリしてきたぞ？　それまでのオドオドしたところが薄まって、妙にハキハキした印象だ。俺への好感度も増してるようだし、俺自身の彼女への好感度も増している。だから俺は気さくに言った。

「とにかく、そういう時にネットに向かうのはよくないぞ？　溺れそうで苦しんでいる時に、より危険な深みに進むようなものだ。ネットは、冷笑と罵倒が大好物のピラニアどもがのさばり蔓延《はびこ》る底なし沼だからな」

「ううぅん……。でも……、わたし、フェイグルスのSNSの人脈には、今までずいぶん助けられてきたんです。悩んだことや、困ったことを相談したりして……」

ああ。そういえば、それもあって、この娘はフェイグルスに心酔してるんだったな。

よしよし。だったら、彼女の足下を崩して、俺に心酔させてやる。

「それは、キミが〈巨乳〉だからだろう。キミがSNSのプロフィールに載せてる、あの写真……。顔は見切れててわからないが、巨乳なのは服の上からでもバレバレだぞ？　キミに対して親切な人は、男性のほうが多いんじゃないのか？」

「あ……！　い……、言われてみれば……。確かに、下心は大なり小なり感じてましたけど……。ああ……。あの写真が……」

納得すると同時に、いくらかショックを受けた様子で由貴が肩を落とした。

「キミの知人を悪く言ってるわけじゃないぞ？　人間、魅力的な人に対して親切になってしまうのは当たり前のことだ。下心も、あって悪いものじゃないしな。それがまったくないなんて言う者のほうが、却って胡散臭いくらいだ」

「そ……、そうなんですよ……。わたしも、そう思います。本当に……」

「だが、巨乳が……、セックスが人を惹きつける絶対的訴求力だということも、また事実だ。そのことも、わかっただろう？」

「え……、ええ……。その……、実際、あの写真を載せる前とあとでは、ずいぶん違うんですよ……。つくづく、実感しました……。人間って、魅力的な異性を求めることが一番の根源的欲求なんですよね……」

由貴はしみじみと言って、ひとしきりウンウン頷いてから、オズオズと俺の顔を見る。

「あの……、山玉さんの……、あなたの仰《おっしゃ》ったことを、胡散臭いなんて言って、本当にすみませんでした……」

「つまり、接待セックスが胡散臭いとは思わなくなった……ということだな？」

「はい……。なんだか、凄く納得しました……。ふうぅ……」

「ん……？　そのツラそうなため息はなんなんだ？　〈納得した〉と言った端から……」

「わたしはそれをシなくてはならない……ということを、あらためて実感したからです。でも……、やっぱり、できそうな気がしません……。すみません……。先日、あれだけお手数をおかけしたのに……」

ほほう。俺の中年チンポで処女膜をブチ抜かれたことを「お手数をおかけした」と言うか！　由貴の〈バカ〉がつきそうなほどの謙虚さに、俺は大声で笑いたくなる。

もっとも、今は謙虚さよりも自信……、やる気を起こさせることが重要だ。

「ふぅむ……。まだまだ意識が強張っているということだな……。もっと柔軟にしなくては……。キミはまず、ご奉仕の精神に目覚めなくてはダメだ」

「え……？　えっ？　えっ!?　ご……、ご奉仕……って……！」

おそらくは、意味を理解しているのだろう。由貴は羞恥に顔をまっ赤に染め、しどろもどろになった。あるいは、すでに頭の中で〈ご奉仕〉を妄想しているのかもしれない。

「仕方がない……。今日もわたしが憎まれ役になって、手取り足取り教えてやろう」

俺は「やれやれ……」という表情を作って、本日の調教の準備に取りかかった。

「はぁ……。こ……、こんな目の前に、オチンチンが……、あうぅ……！」

足もとに跪《ひざまず》かせた由貴の眼前には、ズボンから取りだした勃起チンポがある。

「男をイかせることの愉しさに目覚めさせてやろう。まずは、チンポを扱《しご》くんだ。その手を前後に動かしてみせろ」

「えっ？　し……、扱くって……？　あ……、あの、えっと……」

「先日、キミのマンコで擦ってみせただろう？　同じように手で扱けばいいんだ」

「え……？　えっ？　ア……、アソコでシてたコトを、手で……？」

「いちいち迷うな！　とにかく手を動かせ！」

由貴は「ひ……!?」と怯えつつも、俺のモノをそっと握ってギクシャクと動かした。

「あぁ……。い……、いやらしすぎる、感触……！　硬い芯の上を、表面の皮がズリズリって動いて……、はうぅっ。こ……、これで、いいんですか……？」

「ああ。いいカンジだぞ。この、擦れるのが、男の快感の根源だ」

「あうぅ……。そ……、そう……なんですね……？　どうして〈扱く〉っていう言い方をするのか、実感としてわかりました……。セ……、セックスの時も、オ……、オナニーの時も、こんなふうに……、オチンチンって表面の皮が伸び縮みして、中の芯を扱いてるんですね？」

「フフッ。現実に経験しないと、わからないだろう？」

「は……、はい……。こんなこと、小説では、全然わからなかったです……。はあぁっ」

熱く湿った息を洩らし、由貴の頬が興奮の色に染まっていく。

「あぁぁ……。男性の、オ……、オナニーって……、こんなふうに、オチンチンをイジるんですね？　官能小説のエッチな文字を見ながら、こう……、シコシコって……」

やけに小説にこだわるな。この娘はやっぱり、ちょっと変だ。そんなことを思いながら俺は腰を少し前に出す。

「そのまま、先っぽを舐めろ」

「あう……！　こ……、この……、あの、オシッコの出るところを……？　あううぅっ。ちょ……、ちょっと、濡れてるんですけど……？」

「ああ。この小便の混ざった我慢汁を舐めるんだ」

「はううぅっ！　オ……、オシッコと……、恥ずかしいおつゆの混ざったものを……、あ……、味わうなんて……！　恋人でもない男性に、そんなコト……！」

そうは言うが、彼女の目は雫を浮かべた亀頭の先端に釘づけになっている。

「寝言をこいてると、フェイグルスには入れないぞ？　キミの今までの努力が、全部フイになっていいのか？」

「あうぅ……！　そ……、それは……、それだけは……！　くうぅ……」

由貴は全身をプルプルと震わせながらも、舌を出して、先端に近づけた。

「チュッ、ピチャ……、ペチャッ。くうぅっ。こ……、これが、オチンチンの味……！　はあぁぁ……。ま……、まるで、お酒みたいな……、危険なクスリみたいな……、クラクラする刺激が……。ピチャ……、ペチャペチャッ。クチュチュウ……、チュルッ」

「く……！　な、なかなか悪くないが……、先っぽだけじゃダメだぞ？　官能小説を思いだして、いろんなところを舐めてみろ」

「あうぅ……。た……、確か、小説では……、ここの、亀頭の裏側とか……。ん……。ペチャ。くびれた、カリ首の段差の部分とか……。ピチャピチャ……、クチュ、チュパッ」

由貴は不慣れながらも健気に舌を動かしている。気弱な娘だが、やはり性的好奇心はかなり強いようだ。

「あうぅ……。な……、舐めれば舐めるほど、おつゆが滲みでてくる……！　はあぁっ。な……、なんだか、ちょっとだけ、わかったような……。オ……、オチンチンを、イジるのって……、男の人が感じてくれるのって、愉しい……こと、なのかも……。チュパッ」

陰茎を扱く手のスピードが増し、舐めまわす舌にもどんどん熱が籠っていく。初めてに

しては、たいしたものだ。上手く育てれば、とんでもない淫乱女になるかもしれない。

「よし。次は唇で扱くんだ。頬張れ！」

俺は言って、由貴の唇の隙間に亀頭を強引に突き入れた。

「んむっ!? んぐぐっ、んぅぅ……！」

「唇をキツく窄めてチンポを締めつけろ。そして、頭を前後に動かして扱くんだっ」

苦しげに身悶えながらも、言われたとおりに頑張って頭を動かす由貴。

「ジュブ……、ジュルジュル、グチュチュ……。ジュボボ……、ズチュル。ブジュッ」

「なかなかやるじゃないか！　そのまま強く吸引するんだっ。うおっ？　おあぁっ！」

俺は敢えて快感の声を大きく出した。由貴にやり甲斐を感じさせてやるためだ。

指示は厳しく強引であっても、行動の成果は充分に実感させてやること。ヘンタイサイトに書かれていた、肉体開発の秘訣だ。

「んジュルル……、グジュジュッ、ズチュ……。ピチャピチャ……、ジュルルッ！」

案の定、由貴は自分のやり方に確信を持ち、その動きはどんどん力強くなっていった。

「は、初めてのくせに、いやらしいクチマンコだな！　チンポが蕩けてしまいそうだっ。ぐうぅっ！　で……、出るうぅっ！」

「んぐっ⁉」

驚いて動きを止めた由貴を「こらっ‼　動きを止めるなっ！」と怒鳴りつける。由貴は慌ててもとの動きに戻った。

「んんっ！　ズチュル……、ジュボッ、グチュチュ……。ペチャ……、ズジュルッ！」

「おおっ！　お、お前のクチマンコに、白い小便をぶちまけてやるっ。い、一滴残さず、飲むんだぞっ？　うぐうぅっ！」

由貴の与えてくれる刺激に身を任せ、込み上げてくる射精欲求を一気に解放する。

「んぐっ⁉　んむっ！　んうぅっ！　うぐうぅっ！」

しっかり咥えさせたまま、その喉の奥を目がけて精液を思いっきりぶちまけた。

「吐きだすなよっ？　そのまま吸引して、尿道の奥まで吸いだすんだっ！」

「んぐっ、ズジュルル……！　んぐぐっ。んぶっ！　ぐぐ……！」

精液を苦しそうに飲み下す喉の動きが、脈打つ怒張に断続的に響いてくる。

「うおっ⁉ な、なんてスケベなクチマンコなんだ！ 全部、吸い取られそうだっ！」

由貴は怯えと興奮の混ざった瞳を揺らし、射精が終わるまで肉棒を頬張り続けていた。

亜由美の調教でもそうだったが、フェラチオの射精一回で終わらせるつもりなど、俺にはない。このまま第二ラウンドに突入だ。

俺は下半身剥きだしでソファに仰向けとなり、服を乱した由貴に跨るよう指示した。タイツの股間を裂いてパンツの股ぐりの横からヴァギナを貫く。

「くうぅっ⁉ さ……、さっき、あんなに出したのに、もう、こんなに硬くなって……」

根もとまで挿入しきった状態で、由貴は白い肌を恥ずかしげにプルプル震わせた。

「よし。じゃあ、今日はお前が自分で腰を振るんだ。さっき手や口でシたように、今度はマンコでチンポを扱くんだ」

「えっ？ で……、でも……、こんなガニ股みたいな格好で、そんなコト……」

「無様なガニ股腰振りをやらかしてまで快感を求めるスケベ女の姿を見て、男は興奮するんだ。お前がどんなにスケベなのか、わたしに見せろ」

「あうぅうっ！ そ……、そんな……、まるでオチンチンを使ってオナニーするような姿……、み……、見せられませんっ」

「わかってるじゃないか。それが見たいんだよ。まあ、どうしてもできないと言うのならキミの未来は閉じられてしまうが……。仕方がないな……」

「はうっ！ ううぅ……」

由貴は苦しそうに歯軋りしたものの、ゆっくりと腰を上下に動かし始める。

「ああぁっ。む……、難しい、ですっ。抜けて、しまいそう……！ はあっ、はぁっ」

「抜けたら入れ直せばいいんだ。余計な心配をせず、チンポオナニーを続けろ」

「あうぅ……。す……、すみませんっ。くあぁっ！ はあぁっ、ああぁ……！」

最初は怖々と腰を動かしていた由貴だったが、ほどよいストロークをすぐに発見したらしい。しだいに動きがスムーズになっていく。

「はうあああぁ……。こ……、これで……、こんな動きで、いいんでしょうか……？」

「ああ。悪くないが……、チンポオナニーにはなっていないな。あまりわたしのことは考えず、自分の快感に素直になれ」

「くうぅ……。じ……、自分の快感って言われても……、どうしていいか……」

「ややこしく考えるな。ムズムズするトコロをチンポで擦るだけのコトだ。それより、前屈みの下向きオッパイ、先っぽがツンツン尖っててエロいじゃないか。フフ……。もっと派手に揺さぶって見せてくれよ」

たわわなボリューム感が強調されている豊満な肉房を、視線でネットリ舐めまわす俺。

亀頭がいっそう熱くなって、我慢汁がトロトロと漏れる。

「やぁんっ！　オ……、オッパイ、そんなにジイッと見られたら、身体が……、アソコが、熱くなって……、はぁぁっ！　あぁぁっ！」

力強い視線をゆっくり這わせて、身体を疼かせる。これもヘンタイサイトのテクニックだ。由貴の腰の動きが、明らかに活発になっていく。

「ひあぁぁんっ!?　あはあっ！　あ……、熱く火照ってるトコロに、擦れてるうぅっ！」

「おおっ？　いいカンジにオッパイが揺れてるな。チンポがいっそう熱くなってるのがわかるだろう？」

「は……、恥ずかしいけどっ、わかりますっ。やあぁんっ！　ユ……、ユサユサ揺れてるオッパイに、熱い視線が絡みついて……、はあぁっ！　わ……、わたしが感じるほどに、オッパイ、大きく揺れて……、ひあぁんっ!?　そ……、それで、いっそうオチンチン熱くなって……。わたしのオッパイで、興奮してるオチンチン……、ひあぁっ、す……、すっごく、熱くて、硬くて……、やあぁっ！」

「フフッ。チンポオナニーらしくなってきたじゃないか。どうだ？　自分の指とは全然違うだろう？」

「はあぁっ！　オ……、オチンチンって、指と違って、太くて、熱くて……、ああっ、凄いですうぅっ！　くうはあぁっ、あやあぁんっ！」

どうやら由貴は、自ら動くことの快感に目覚めたらしい。恥ずかしそうに顔を顰めつつも、その腰は大胆にもズンズンと上下に動いている。

「そ……、それにっ、はあぁっ、男の人に……、目の前でオッパイを見られてるっていう恥ずかしさで……、んくあぁっ、全身が熱くて、ムズムズして……」

「それはオナニーにはない刺激だな。男に欲情されることの快感がわかっただろう？」

「あうぅ……。わたしのオッパイで、ぼ……、勃起してもらえるのが……、オチンチンが硬くなるのが、嬉しいなんて……！　んっはあぁっ、し……、信じられませんっ。やあぁっ！　こんな気持ちになるなんて……！　はうあぁぁっ！」

今や由貴は俺の腰に打ち下ろすような勢いで情熱的に腰を振り立て、陰嚢までビッショリ濡れるほどに結合部分から蜜を溢れさせていた。

「やあぁんっ！　じ……、自分で、腰を振って、イッちゃう……！　くうあぁっ！」

「いいぞ。そのままイッてみせろ。そのはしたないイき顔、たっぷりと見せてもらうぞ」

「あうぅっ！　じ……、自分でイッちゃうところ、見られたくないのに……！　恥ずかしいのにっ。あぁぁ……、腰が、止められませんっ！　ひあっ⁉　オ……、オチンチンも、わたしの中で、今にも爆発しそうにビクビクって……。で……、でも、やめられないっ。だ……、出されちゃうっ。……て、いうか……、わたしが扱いて、精子、中に出させちゃう……！　やあぁっ。ダ……、ダメえぇ……！」

そうかそうか。それではありがたく、中出しさせてもらうとするか！

「わたしも抵抗できないよ。片倉さんの貪欲な腰遣いに、なす術なくイかされそうだっ」

「あうぅっ！　こ……、こんな地味なわたしが……、はあぁっ、小説の、淫乱ヒロインみたいに……、くあぁっ！　腰を使って、男性を、イかせちゃうなんてっ！　しかも、自分も……、あぁぁっ、オチンチンを貪ってイッちゃうなんて……！　くうぅあぁぁっ！」

「うおっ⁉　ほ、本当に、もうダメだっ！」

「やぁぁっ！　ダメっ！　ダメです‼　お願いですから、中には……、ひあぁぁっ⁉」

不意に由貴の全身がビクビクと痙攣する。直後、怒張の先端が激しく爆《は》ぜる。

「な……、中出し、イくううぅ〜っ！　ひいぃあうあぁあああぁぁぁぁぁ〜っ‼」

絶頂に達してザワザワ蠢動《しゅんどう》する濡れた肉の細道に、俺は熱い粘液を派手にぶちまけた。

「あひぃっ⁉　ホ……、ホントにわたしの中で、オチンチン射精しちゃってるうぅっ！　くひいあぁぁっ⁉　あやあぁっ！　あ……、熱い衝撃が、奥にドビュッドビュッて当たって弾けてるうぅっ‼　ひいぃっ⁉　やあぁっ！」

言葉でこそ抵抗しているが、その腰は盛んに動いて、射精中の肉棒を扱き立てている。

「し……、信じられない……！　オチンチンをイかせるのが、こ……、こんなに気持ちいいなんて！　くはあぁっ！　あやあぁっ！　な……、中に、わたしに対する欲情をぶちまけられる、この快感……。これが、セックスの、悦び……？　んくうあぁっ！」

そうして俺は、精液タンクがすっかり空っぽになるまで、由貴の膣内へ注ぎ込んだ。

「はあぁっ、はあぁっ、はあぁ……。わ……、わたし、目覚めて、しまったのかも……。根源的な……、本質的な、セックスの快感に……」

官能の大波が退いたあと、今日も由貴は放心気味な顔つきでぼんやりと身体を拭い、乱れた服を直す。そんな彼女に、俺はアフターピルを与えた。

「えぇと……、この二錠を、またあとで飲めばいいんですね……？」

由貴は錠剤をバッグにしまい込み、長く重いため息をつく。

「はふぅぅぅぅ……。男の人って、大きなオッパイを見た時……、とてつもなく猛々しくエッチな状態になってるんですね……」

「ん……？　まあ、そうだが……。〈とてつもなく〉ってほどかな？」

「マンガとかの、コミカルに鼻息を荒くするとか、鼻血を噴きだして倒れるだとか、ああいうのが、とてもソフトな表現なのだとわかりました……。というか、ネットでわたしの写真を見た人の、オ……、オチンチンが、どうなってるのか、リアルに察しがつくようになったというか……。その、今までの、ネット越しの人間関係だけではわかりませんでしたけど……、現実って……、厳しいんですね……」

打ちのめされたような顔でしみじみと言う由貴には同情させられないでもないが、やっぱりこの娘は、かなり変だ。

「だが、〈厳しいコトばかりではない〉ということもわかっただろう？」

コクリと頷いた由貴は、けれども漠然とした不安と混乱をかかえたままの表情で帰っていった。どうやら、次回はやはり一日置いてからのほうがよさそうだ。

いずれにしろ、由貴がセックスの悦びに目覚め始めたのは確実である。

「それも、まさか、あそこまで大胆になるとは思わなかったぞ。イヒヒヒッ」

明後日の調教に想いを馳せ、俺はほくそ笑んだ。

＊　＊　＊

水曜日の昼食後、俺はひとりで小会議室にいた。そう。由貴を呼びだして、先週の亜由美と同様に昼《ひる》の日中《ひなか》にセックスをするためである。

今回も部長には「もうひとり特別推薦の学生の相談に乗っている」と説明して許可を得ていた。どの道、ＧＷ連休が明けるまで、俺は人事部では見習い扱いだ。一般業務に支障がでなければ、部長直々に与えられた〈特別推薦枠学生の面接と評価〉に時間を割いても文句は言われない。

もっとも、実際に俺がしてるのは〈特別推薦枠学生の性的調教と身体の評価〉だが。

それはともかく、指定した時間どおりに、由貴がオズオズと小会議室へやってきた。

「あれから、どうだい？　心の整理はついてきたかね？」

亜由美で試して上手くいった流れを、由貴でも試してみる。

「ううぅん……。正直なところ、考えるほどに不安が増すばかりで……」

個性の違いはあるものの、やはり由貴もすんなりとは堕ちないようだ。

「うーむ……。そうか。どんなことが不安なのか聞かせてくれないか？」

「そ……、そうですね……。あのう……」

由貴はいったん恥ずかしそうに俯《うつむ》いてから、意を決したように顔を上げた。

「単に、普通にセックスするだけなら、まだしも……、あのう……、なんていうか……、上手く言えないんですけど……、た……、例えば、官能小説のような〈仕事中にトイレでご奉仕〉といったシチュエーションの時も……、ありますよね？」

相変わらず、官能小説の妄想に取り憑かれているな。俺が半ば呆れつつも「まあ、そういう可能性もあるかもな」と応じると、由貴は小刻みに震えだした。

「い……、今までも、人事部のオフィスでしましたけど……、なんていうか……、そのシチュエーションがもっとハードになるんだって考えたら……、恐ろしくて……」

「ああ……。つまり、ポルノ小説のようなハードな状況は無理っていうことだな？」

「あうぅ……。そ……、そういうことです……。わ……、わたしひとりで、ムダな妄想をして怖がってるだけなのかもしれませんけど……」

怖がって尻込みするのはムダなあがきだが、彼女のエロい妄想自体は役に立つ。俺はそのことを教えてやる。

「いや、ムダな妄想じゃないな……。確かに、夕暮れの誰もいないオフィスで……なんて状況は序の口だ。実際、もっとハードな……、男心を盛り上げるような状況や行為が、接待セックスでは普通にあるからな」

「あううぅ……。や……、やっぱり……！」

　由貴が気弱に呻いて身を縮こまらせた。

　とはいえ、今までの様子からして、由貴は実はかなりのムッツリスケベなのではないだろうか？　だから、心の深層ではポルノのようなハードなセックスに憧れているのだが、それを自覚するのを恐れて裏返しの抵抗感をいだいているのかもしれない。

　俺は、自分の考えを確かめるのと同時に、由貴の抵抗感を払拭させるための糸口を探ることにした。

「無理でもなんでも、やるべきことはやらないと他人は動いてくれないぞ？　それが社会の現実だ」

「そ……、それは……、わからないでもないんですけど……、今までの状況でもキツかったのに、それ以上となると……、と……、とても……」

　あれだけ快感によがっておいてよく言う。

　そんな由貴の、気弱なくせに頑《かたく》なな心の殻を破ってやれば、熱いエロスのマグマが噴出するかもしれない。

ようし。なんとしても説得してやるぞ……！

「掘り下げて考えてみようか……。例えば、キミが言った〈仕事中にトイレでご奉仕〉の何が無理なんだ？　具体的に言ってみたまえ」

「だ……、だって……、し、仕事中で心苦しいですし……、こ……、個室でも声や物音で見つかり易そうだし……、不衛生で、なんだか後ろ暗い場所ですから……」

「だが、それらは全部、心の持ちようで魅力に切り替えられると思わないか？」

「え……？」

訝《いぶか》りの表情をした由貴が小首を傾げた。俺の言うことがピンと来ないらしい。

さて、どう説明してやろうかな？　俺は素早く頭を巡らせて口を開く。

「今までオフィスでセックスしてて〈誰かが突然入ってきて見つかってしまうかも〉って内心ドキドキしてただろう？　そのドキドキは単なる不安感だけか？　自分のセクシーな姿を誰かに見られたいっていう、淫らな願望が完全にゼロだったと堂々と言えるか？」

「あううぅ……！　そ……、それは……、あのう……、ま……、まったく……、か……、完璧に……、ぜ……、絶対に……、ゼロとまでは……、言いませんけど……」

やっぱり、すでに経験しているコトを指摘すると、納得せざるを得ないようだな。

俺は頷き、さらなる納得を与えようと話を続けた。

「そうだろう？　その気持ちを、もっと育てていけばいいんだ。……で、不衛生で後ろ暗いという点だが、女性なら皆、汚されたい願望は大なり小なりあると聞く……。キミは、そんな妄想をしながらトイレでオナニーしたコトはないのか？」

「え……!?　そ……、そんな……、トイレでそんなコト……！　あうぅ……。で……、でも、そういう願望自体は、あのう……、まったくゼロだとは……、言えませんけど……」

「だろう？　負の要素は快感のスパイスになるんだよ。キミは、その味覚にまだ目覚めていないだけなんだ」

むしろ図星ということだな？　まあ、とりあえず深追いはしないでおいてやるか。

「ううぅ……。仰ることは、薄々ですけど……、わかった気がします……。けど……」

「実際にできるかどうかとなると、やっぱり自信がないというわけだな？」

いつもの如く、俺はジリアスに顔を顰め、困ったものだという表情を作ってみせた。

「はい……」

「やれやれ……。いつもながら、仕方がないな。今日もわたしが特訓してやろう」

「え……!?　と……、特訓……って……！」

戸惑う由貴の腕を掴み、俺はそのまま彼女を会議室から強引に連れだした。

その足で男子トイレに忍び込んで個室に籠り、便座に腰かけた由貴の眼前にギンギンの肉棒を突きだす。由貴は不安そうに身を縮めたが、オズオズと先端を舐め始めた。

「あぁ……。まさか、わたしの言ったシチュエーションをそのまんま、やらされるなんて……。ピチャ、ペチャ……」

「キミはなぜ、このシチュエーションを例に出したんだ？」

「そ……、それは……、小説で、こんなシーンがあったのを思いだして……」

遠慮がちにイチモツを扱きながら、オドオドと答える由貴。

「それにしたって官能小説には多彩なシーンがあるだろうに、なぜこれを選んだんだ？実は、自分がしたいからじゃないか？」

「あうぅっ！　そんな……！　そんなこと、ありませんっ！　わたしが、こんなコト望んでるなんて……」

ムキになって否定する由貴が、まるで現実逃避でもするように行為に熱を入れた。

「ペチャペチャ……、チュパッ。んはあぁ……。ペロペロ……、んチュッ」

「フハハッ。いきなりずいぶん大胆だな。こんなポルノ的なシチュエーションは無理だったんじゃないのか？」

「と……、とにかく、早く済ませたいだけですっ！　ペチャクチュ……、チュルルルッ」

すでにチンポのイかせ方を知っている由貴は、その舌で敏感な部分を責め立てつつ、全速力で肉竿を扱いている。お蔭で、早くも強烈な射精欲求が込み上げてきた。

「う……!?　ちょ、ちょっと止めろっ！」

俺は由貴に手を離させ、慌てて腰を退いたのだが、時すでに遅かった。不本意な暴発によって、由貴の顔やリクルートスーツがザーメンに塗《まみ》れていく。

「あわわっ⁉ やっ、あぁぁっ！ か……、身体中に……！ 髪が……、スーツが、汚れちゃう……！ あぁぁんっ！」

「くうっ。ま、まだ、終わりじゃないぞ……。もう一度射精させろ！」

「はうぅっ！ こ……、こんな、身体中にべットリと精子をつけたまま……、あぁぁっ、精液塗れのオチンチンにご奉仕を……？ い……、いやらしすぎますっ！ はぁぁっ、はあぁぁっ。こ……、こんな、恥ずかしいコトさせられるなんて……！」

由貴は、縮みつつあるペニスを火照った指で握り締め、再びリズミカルに扱いた。

「あぁぁ……。精子に塗れた、柔らかいオチンチンをイジって勃起させるなんて……！　あぁんっ。扱くたびに、クチュクチュってエッチな音が……。はあぁっ。わたしの手の中で、オチンチンが、どんどん熱く硬く勃起していく……！　あぁぁっ、はあぁっ」

熱く湿った息を亀頭に吐きかけながら、半萎えペニスを熱心に擦り上げる。

「あぁぁんっ。オチンチン、イジって勃たせるのって、こんなに興奮することだったなんて！　こんな、後ろ暗い状況なのに……！　はうぅっ。鼻を衝く精子の匂いにクラクラしちゃって……、も……、もう、ダメっ。オチンチン、おしゃぶりせずにいられませんっ。んむっ！　んジュルジュル……、ジュブブッ！」

唐突に亀頭を頬張った由貴が、カリ首の辺りを唇で強く扱きだした。

「んジュル……、グジュッ、ブチュウウッ！　はあぁん。お口の中で勃起してるぅ……」

「やっぱり、こういうシチュエーションが大好きなんじゃないか！　このスケベ女め!!」

恥ずかしそうに身震いし、由貴が懸命に頭を前後に動かして裏筋を舐めまわす。鼻から洩れる熱い吐息で俺の下腹をくすぐり、その肉感的な下半身を切なげにくねらせている。

「ジュブ……、ジュジュルッ！　はあぁ……。オチンチン、美味しい……！　ズチュ！」

強烈な吸引によって、またもやキツい射精の衝動が込み上げてきた。

「くうっ。こ、今度は、その口の中に注いでやるぞっ！」

「ズチュルル……、ジュボッ、グチュチュ……！　あぁぁっ。あなたの白いオシッコ、飲ませて下さいっ！　ズチュチュ……！」

もろにポルノ的な由貴の言葉に刺激され、熱く激しい快感が硬く膨れた肉棒に疾る。そのまま俺は、今度は自分の意思によって高ぶりを解き放った。

「んぐっ⁉　んむっ、んぐうぅ……！」

発射直後に一瞬止まった由貴の頭が、すぐにまた動いて脈打つ怒張を扱いていく。

「んジュ……、グボッ、グジュルッ。あぁぁ……。わたしのお口、便器にされてるぅっ」

さも嬉しそうに全身をゾクゾクと震わせた由貴は、何度も噴出する精液を啜り飲んだ。

「んっ。ングッ、ゴクン……、ゴックン！　んはぁぁ……。はぁぁっ、はぁぁ……」

「まだ尿道に残ってるぞ。全部しっかり吸いだすんだ！」

「は……、はいっ。んジュルル……、ジュウウゥッ、ジュブブ……！」

お掃除バキュームのこの勢いから、本当にペニスが好きなのだという気持ちが伝わってくる。とはいえ、由貴の心の殻を、完全に破ることはできたのだろうか？

それを確かめる意味でも、いったん小会議室に戻って由貴の股間の様子を〈点検〉してみる必要があった。

「はあぁ……。こ……、こんなお昼の明るい光の中で、見られちゃうなんて……」

窓から射し込む午後の陽光を浴び、会議テーブルの上で四つん這いとなって尻を突きだし、下腹部を俺へとさらす由貴。無防備なワレメは、案の定すっかり濡れそぼっていた。

「トイレでフェラチオしながら、こんなに濡らしてたのか？　いやらしいマンコだな」

俺は冷笑しつつ、温かく濡れた肉ビラをピチャピチャ音を立てさせてまさぐる。

「あぁぁ……。太陽の光の温かさを、恥ずかしいトコロに感じちゃうなんて……！」

「フンッ。さっきまでの淫乱ぶりはどうしたんだ？　気取って〈恥ずかしいトコロ〉なんて言ってないで、〈オマンコ〉と言え！」

「はうぅ……。そ……、そんないやらしい言葉、言えませんっ！　やぁぁ……！」

「フンッ。絶対に言えないというなら、無理強いはしないがな……。ただし、これで終わりだ。何もかも、な」

冷徹にではなく、からかうように言って、俺はヴァギナから指を離した。

「あううぅ……！　こ……、こんな、中途半端な状態で……!?　はあぁっ、はあぁ……」

「それは、接待セックスの特訓の進行度のことか？　それとも、マンコのムズムズのことか？」

「そ……、それは……！　あうぅっ、くうぅ……」

由貴はツラそうに歯軋りして、切なく潤んだ瞳を俺へと向ける。

「お……、お願い、ですぅ……。オ……、オ……、オマ……、はあぁっ、はあぁ……。オ……、オマンコ……！　切ないんですっ。なんとか、して下さい……！」

「フフフッ。いいだろう……」

ニヤリと笑った俺は、愛液塗れの指で、さっきから……、それこそ肉ビラをまさぐっている時からずっとヒクヒク喘いでいた、窄まる後ろの穴をクニュクニュ刺激してやった。

「ひぃぃんっ⁉ そ……、そこはっ⁉ オ……、オマンコ、じゃあ……、やぁぁんっ⁉」

「マンコでなければ、なんだと言うんだ？」

「あうぅ……。お……、お尻……、あぁんっ⁉ お尻の……、あぁぁっ、穴ですぅっ！」

そう。尻穴、ケツ穴、菊門、肛門、アヌス……。そう呼ばれている排泄器官だ。

「こっちもなかなか感度がいいじゃないか。オナニーの時には、こっちもイジるのか？」

「あひっ⁉ そんなにっ、指、捻じり込むみたいにクリクリしたら……、くううぅっ⁉」

「答えろよ。マンズリする時にケツの穴もイジるんだろう？ ほらっ。こんなふうに！」

指先をズブリとアヌスに突き入れ、内部の粘膜を無造作に掻き混ぜる。

「はうあぁっ⁉ こ……、こんなに、乱暴には……！ くあぁっ、あやあぁんっ！」

「フハハッ！ そうかっ！ じゃあ、どんなふうにスるんだ？」

「んあぁっ。オ……、オマンコの、エッチなおつゆでヌルヌルになった指先で……、捏ねまわすようにクリクリって……。はあぁんっ！」

「そうか。じゃあ、こんなカンジか？」

俺はあらためて指先に愛液を絡め、〈捏ねまわすようにクリクリ〉とイジってみた。

「ひいあぁっ⁉ お……、お尻の穴、感じちゃう……！ 感じてるお尻の穴、明るい光の下で見られちゃってるうぅ……!!　くうあぁぁっ！　お尻の穴、指でイジられて……、はあぁっ、感じてグチョグチョに濡れてるオマンコも……、やあぁっ、全部見られて、チンチン勃起されちゃってる……！」

いつの間にか俺のズボンの股間が大きく膨らんでいることをメガネレンズの奥から目聡く見つけ、由貴は日光を照り返している豊満な尻を心地よさそうにくねらせる。

「ケツの穴だけでもイッてしまいそうじゃないか。しっかり見ててやるから、イッてみせろ。ほらっ、ほらっ！」

「やああっ！　こんなまっ昼間に、会社の中で、お尻の穴イジられてイくなんて……！ま……、まるっきりポルノのヒロインみたいな……、男の人の……、オナニーのオカズみたいな、いやらしい女に、なっちゃって……、くうあぁぁっ!?」

アヌスに押し当てていた指をグリッと捻るなり、由貴が四肢を突っ張らせた。

「おおぉっ!?　お尻いぃイくうぅぅ～っ！　あひあやあああああああぁぁぁぁ～っ!!」

オーガズムの悲鳴が室内に響き渡り、白くムッチリとした尻がブルブル震える。

「ひいぃっ!?　見られてるうぅ……！　お尻の穴でイッちゃう、いやらしいわたしっ！ひああぁんっ!?　あやあぁっ！　こんな明るいところでイッちゃうオマンコも……、ああぁんっ、全部まる見えに……、ひいぃんっ!?　はうあぁっ！」

「フフフ……。まさにポルノ的な、いい姿だな。お蔭で、チンポがすっかり回復してパンパンに膨らんでるぞ……！」

　そこで俺は、官能の余韻に喘ぐ由貴の身から、スーツにスカート、ブラウスを奪い取って、今度は床の上で四つん這いにさせた。俺自身も下半身裸となり、淫膣を貫いてやる。

「ひあぁっ⁉　熱くて疼いてたオマンコに、硬いオチンチンが入ってきたぁ……‼」

　根もとまで埋めると、ヌルヌルに濡れたムチムチの肉壁が物欲しげに締めつけてきた。

「ほら。自分で腰を動かせよ！　チンポを入れていただいた悦びを、ケツの動きで表現するんだ！」

「ひょ……、表現って言われても……、あうぅっ！　素で、お尻が動いちゃいますっ！はああぁんっ、あくうぅんっ！」

　俺の眼下でムッチリした白桃が揺れ動き、グチュグチュと淫らな水音を奏でる。

「フフフ。あさましいせっかちな動きだな。いいぞ。キミの中のスケベな気持ちが充分に表現されているぞ」

　俺は前後に動いている腰を撫で摩り、尻たぶを揉んで谷間を少し広げてみた。

「ひあぁっ⁉　ま……、また、お尻の穴、見られてる……！　あひぃっ⁉　やあぁっ！」

「自分に正直になれよ。こういうポルノチックなシチュエーションが、実は好きなんだろう？　罪悪感と同じように、ぶちまけたほうが楽になるぞ？　そして、今までストレスに感じていたものが、快感に変えられるはずだ」

「はうぅっ！　そ……、それは……！　あううぅ……。しょ……、小説が……、エッチな小説を読むのが……、ちょっとだけ、好きなだけで……。はあぁんっ！」

「正直に吐けっ！　この、スケベ女め！」

俺は叫び、自分からも腰をガンガンと振り立てた。

「ひぃいああぁっ⁉　ご……、ごめんなさいっ！　わたし……、わたし……、はひあうあぁっ⁉　わたし、本当は、ポルノチックな……、あぁっ、恥ずかしいシチュエーションが、大好きなんですぅっ‼　やあぁっ！」

白状した瞬間、肉棒を扱く柔肉の温度がボワッと上がり、熱い蜜がどっぷりと溢れた。

「そ……、それもっ、女性向けじゃない……、くうあぁんっ、男性向けのハードなシチュエーションが……、あうあぁっ⁉　あやあぁんっ！」

訊いてないことまで暴露するのは、告白によって快感が増していることの証拠だろう。

「それはそれは……。つまりキミは、一般的な女性よりも性欲が強いということだな？」

「い……、いえっ、それはどうだか……。だ……、だって、男性向け作品って、ある意味付加価値がある、というか……、はぁんっ！　お……、男の人が、このエッチな文章を読みながら、オチンチンを勃起させて、握って扱いてるんだって思ったら、凄くドキドキするし……、うあぁっ！　女性の作家のものでも、オ……、オチンチンを感じさせたいっていう、その人なりの工夫が見えると、なんだか凄く股間がムズムズして……！」

由貴は激しい勢いで尻を振りながらも、眉根を寄せて一生懸命考えて喋っている。よほど拘りがあるのだろう。だが、それもこれも性欲の強さ故じゃないのか？

「ハハッ。そんなことまで考えてるのか！　つまり、性欲が強いってことじゃないか」

「い……、いえっ！　くあぁっ⁉　エ……、AVとかの男性向けのポルノを見る女の子は……、あぁぁんっ、みんな意識してるはずです……！　男の人って、こんな行為や見せ方とかをすると、オチンチンが気持ちよくなるんだぁって……。はあぁんっ！」

思わぬところで、女性のエロ心理のお勉強になってしまったな。込み上げてくる射精衝動に下半身が痺れるものの、俺は質問というか言葉責めを続ける。

「……で、キミ自身はどんなシーンで興奮するんだ？　やっぱりトイレでフェラか？」

「くうあぁんっ！　は……、恥ずかしいですけど、官能小説の、そのシーン……、凄く興奮してしまって……、やあぁんっ！」

恥ずかしい告白を続ける由貴も、今にもイッてしまいそうなほどに悶えていた。

「ト……、トイレで、オシッコで汚れたオチンチンを、おしゃぶりするシーンを読みながら……、はあぁんっ、オマンコを、ジットリ熱く濡らして……、わたし、ひとりで、トイレで、オチンチンの、熱さや硬さや匂いを妄想しながら……、くあぁっ、オマンコや、お尻の穴をイジってしま……、ひいぃあぁっ⁉　も……、もうダメえぇっ！　イ……、イッちゃい……ますうぅっ‼　くうあぁっ！」

肢体を盛大にわななかせた由貴が、弾力のある尻を俺の腰へ思いきり打ちつけてくる。

「あぁ……！　こ……、こんなまっ昼間に、お尻の穴まで丸出しにして……、イッちゃう……！　イく……、イくイくうぅ～っ！　あひあうああああああぁぁぁぁ～っ!!」

一足先に由貴が達すると、俺は素早く怒張を引き抜いて、絶頂に震える白い尻めがけて熱い粘液をぶっかけた。

「ひぃいっ!?　お尻に、精子があぁっ！　お尻の穴にも、ドピュッドピュッてぶっかけられてるうぅっ!!　あひぃいんっ!?　お尻の穴に、精子が染み込むうぅ……！　んひいあぁああっ！　しょ……、小説の文章じゃ得られない、リアルな熱さ……、くうあぁっ！」

由貴は尻を俺に向けて突きだして背中をゾクゾクと震わせている。その熱く火照った尻

めがけ、俺は煮え滾《たぎ》った精液を続けざまに残らずぶちまけてやった。

「はあああぁんんっ⁉　はあぁ……。あぁぁ……。官能小説の行為を、実際に体験するなんて……。こんなに、目眩《めくるめ》く気持ちよさだったなんて……。はううぅ……」

それから、お互いの高ぶりが鎮まったあと、俺は水拭きで精液のシミを大雑把に落とした由貴の衣類に応急処置的に消臭スプレーをかけて渡してやった。

仕方なく、その、柑橘系の香りのただよう衣類を身につける由貴。

「クリーニング代だ」

俺が突きだした一万円札を、由貴は悲しそうな目で見つめた。

「い……、いえ、結構です……」

「おいおい。わたしに罪悪感をいだかせるつもりかい？　いいから、受け取ってくれよ」

「うぅ……。なんだか、それをいただくと……、売春したようで……」

なるほど。言われてみると、そうかもしれないな。

「わかった。じゃあ、クリーニング代は後日、領収書を持ってきて請求してくれ。ピッタリの金額を払うから」

「は……、はい……。気を遣っていただいて、申し訳ありません……」

「いや、こっちこそ無神経ですまなかった」

「い……、いえ、そんな……。わたしこそ……」

由貴はそう言ったきり、しばらく無言で棒立ちになった。

「ん……？　どうした？」

「あ……。い……、いえ……、つい、考え事にのめり込んでしまって……」

「考え事って？」

「あの……、わ……、わたしの恥ずかしい〈正体〉がバレてしまった……かもって……」

「正体って？」

重ねて尋ねた俺に、由貴はわたわたと釈明する。

「あ……。いえ、あの……、官能小説の、好みがバレた……みたいな意味で……、深い意味はないんです……」

その言葉は、半分事実で半分はウソとまで言わずともごまかしだろう。本当は、深い意味があることを、俺はちゃんとわかっていた。

＊　　＊　　＊

金曜日の昼下がり、今日も俺は小会議室に由貴を呼びだしていた。

時間どおりにやってきた由貴は、けれど、やけに居心地の悪そうな、落ち着きのない様子をしていた。

「どうしたんだ？　やけにソワソワしてるが、何かあったのか？」

　俺の問いかけに、由貴はビクリと身を震わせる。

「え……？　あ……。い……、いいえ……。特に何かがあった……というわけでは、ないんですけど……。一昨日、ここから帰ったあと、酷く不安になってしまって……」

「何に対する不安だ？」

「あのう……、い……、いつもながら抽象的で、申し訳ないんですけど……、その、何かこう……、〈とんでもない深みにハマりつつあるのでは……？〉っていう……」

　いやいや、抽象的でもなんでもない。そいつは事実なのだからな。

　俺は噴きだしそうになるのを懸命に堪え、もっともらしいことを言ってやった。

「ああ……。それは、わからないでもないな。一昨日、キミは〈正体〉がバレたかも……と不安がっていたが、あれは好みのシチュエーションだけでなく、内面を……、素の自分自身をさらけだすことの不安感なんだろう？　生々しい人づき合いを恐れているんだ」

「あ……。そ……、そうですっ。仰るとおりです。ですから、ほ……、本番の接待セックスでは、さらに自分を曝露されてしまうのではないかと……」

　適当に言ったつもりが、図星だったのかよ……。

「それでまた、接待セックスを行う自信が持てない……というわけだな？」

「は……、はい……。何度も同じことを言うようで、本当に申し訳ないんですけど……」

いや、果たしてそうかな？　もしかしたら、体裁を気にしただけの、ただの言い訳かもしれないぞ。

「まあ、それは仕方のないことだよ。むしろ、そういう抵抗感のないビッチ系はあまり喜ばれないしな」

そう言いつつも、どうにも面倒な女に俺は少々辟易し始めた。だいたいにおいて、本当のところは、俺に対していつでも股を開くようになれば、それでいいというのに……。

「しかし、やはりキミはネット中毒の気があるな……。そんな匿名のネットユーザーのような気分では、現実社会を渡っていけないぞ？　ナマの自分で、現実社会に体当たりしないとな。人間、〈外面〉という仮面も必要だが、やはり結局は本質的人格のぶつかり合いだ。〈自分〉を隠している人間は、土壇場では弱いぞ？」

「ううぅん……。で……、できれば、仮面でなんとかしたいんですけど……」

まったくもって面倒なヤツだ。いっそ、亜由美ひとりに集中するべきか……？

ふと思ったことを、俺は慌てて頭から追いだした。

俺は決めたのだ。亜由美と由貴のふたりを自分のモノにする、と。処女を奪うというだけでなく、完全に俺のオンナにしてやるのだ、と。それを、面倒だからと途中で片方を投げだすようでは、いずれ残る片方も放りだしかねない。

そう。俺は、二兎を追い、二兎を得る。その強い意志を持って臨まねば、あの忌々しいブサイク妻に完全勝利するなんて夢のまた夢だ。

こうなれば、面倒だろうがなんだろうが、とことんつき合ってやる！　完璧に説得し、由貴の心の殻を粉々に砕いて、いつでもどこでも、どんなコトでも、すべて俺の言いなりになるエロ可愛い女にしてやる‼

俺は熱い思いを込めて、由貴の瞳を覗き込んだ。

「逆に考えてみろ。自分が、コンビニやカフェで、いかにも外面だけがいい機械的な接客で捌かれるのと、心の籠った接客を受けるのと、どっちがいい？」

「それは……、あのう……、は……、話の腰を折るつもりはないんですけど……、機械的な接客のほうが気が楽でいいです」

「へ……？　な、なにっ？」

「し……、親しげに話しかけてくる店員さんは、苦手で……。それが原因で、そのお店に行かなくなることも……、時々あるんです……」

ぬううっ！　この、オタク女めぇっ‼

ある意味、俺のほうが手玉に取られている気がしてきたぞ……。

いやいや、いかんいかん！　俺は気を取り直して由貴に言う。

「じゃあ、キミの好きな官能小説を例に出そうか？　あれを、人工知能が自動で書いていたら、ちっとも面白くないと思わないか？　一昨日、キミは〈付加価値〉がどうとか言っていたが……、生身の人間が、股間を熱くして書いているということも、キミの興奮を高めているんじゃないのか？」

「はううぅ……！　そ……、それは……、あのう……、確かに、そうなんですけど……」

「そうか！　じゃあ、わたしの言いたいことは、わかってくれたかな？」

「そ……、そうですね……。ある程度は……」

なかなか手強いな……。だが、多少は心を動かせたようだ。

「とにかく、接待セックスだろうと、普段の業務だろうと、〈自分〉を変に殺さず、上手く活かして楽しめたほうが勝ちなんだ。男同士で嫌な取引先を接待するにしても、話術や段取り力で場を上手く盛り上げられれば、自分に自信が持てるようになる」

「え……？　でも……、それは〈仮面〉ではないんですか……？　本心では、その取引先の人とは関わりたくないんですよね？」

むう……。天才プログラマーのリケジョは一筋縄ではいかないのか？

こうなれば、強引な論理で押し通すしかなさそうだ。

「例えて言えば、フェラチオと同じだ。どこをどう刺激すれば感じるのかという、知識と経験を活かしてヤるのは愉しいだろう？」

「あ……！　た……、確かに……。ま……、まあ……、オチンチンを……、あの……、扱うことの面白さは、自分自身の偽りない感情……ですよね……」

いくぶん投げやりな例えだったが、由貴には正解だったらしい。俺は安堵した。

「おおっ。よくぞ正直に言ったな。それだよ。〈チンポをイかせるのは面白い〉という自分の気持ちをさらけだして楽しめばいいんだ」

「あうぅ……。お蔭様で、理屈としては……、わかった気がします。ですけど……まだか……。実感としてわかってもらうには、ちょっと工夫が必要のようだな。

「ちなみにキミは、小説ではどんなシチュエーションが好きなんだい？　〈トイレでご奉仕〉以外に。具体的に教えてくれないか？」

「え……!?　ど……、どうして……ですか？」

「それはな……」

俺は目を細め、唇を卑猥に歪めて微笑んだ。

「あうぅ……。ま……、また、わたしが言ったシチュエーションを、そのまま実現するなんて……」

「キミがこんな大胆なシチュエーションを望むとは思わなかったな。フフフ……」

俺は由貴を屋上に連れていき、丸出しにさせたオッパイにイチモツを挟ませていた。

「い……、いえ、わたしは小説の好みを言っただけで、決して、現実にこうなることを望んだわけでは……。あうぅ……」

「グズグズ言わずに、さっさと始めろ！」

「ひ……!?」

周囲を気にしてソワソワしつつも、由貴はオッパイを上下に動かしていく。

「あうぅっ！　ほ……、本物の……、現実の、パ……、パイ……、パイズリって、こんな感触だったんですね……。はあぁっ、はあぁ……」

「〈こんな感触〉って、どういう感触だ？」

「オ……、オッパイの間で、文字どおりに……、あうぅ……、オチンチンがズリズリって擦れて……。小説よりも、桁違いにいやらしくて……、オチンチンの表面の皮が、中の芯を扱いてるのが、オッパイでハッキリ感じられて……。ああぁ……！　恥ずかしすぎて、身体が熱くなっちゃいますっ」

荒い吐息をついてパイズリの動きを速め、由貴はなおも言った。

「し……、しかも、こんな場所で……！　周りのビルから、誰かが見てるかもしれないのに、こんなコト……!!　はあぁっ、ああぁっ。ナ……、ナマの、わたしの心が……、わたしのエッチな欲求が、全部、世間にさらされてるような……、はあぁ……！」

「小説の、屋外でのパイズリシーンを読みながら、自分でオッパイを揉みしだいたりしてたんだな？　つくづく、女性にしてはハードなものを好むんだな。官能小説も相当の数を読んでるんだろう？　つまり、オナニーが大好きで、ヤリまくってるってことだな？」

「え……？　あ……、あのう……、そ……、それは……」

「正直に言えっ！　さもないと……」

高圧的に怒鳴りつけると、由貴は震え上がる。

「あうぅ……。す……、すみません……！　そ……、そうですっ。わたし……、わたし、オナニーが大好きな、エッチな女なんですっ。本当に、自己嫌悪するくらいに、オナニーが大好きで……。休日は、一日三回とか、普通にやってしまうんですっ。あぁぁんっ！」

恥ずかしい告白を由貴が大声で打ち明けた。それこそが、一昨日の深い意味なのだ。

「フハハ！　そうか。一言で言うと〈官能小説が大好きなオナニーマニア〉なんだな？」

「はうぅっ。そ……、そうなんです……！　だ……、だから、そんな自分が曝露されるのが、恐ろしくて……。で……、でも……、あぁぁ！　さらけだしてしまったら、まるでお酒に酔ったような、不思議な心地よさが……！　はぁぁっ、はぁぁっ」

まるでオッパイでオナニーをしているかのように、挟んだ剛棒に乳肉を強く押しつけて力強く上下に揺する由貴は、谷間に見え隠れする亀頭に舌を伸ばした。

「ペチャペチャ……、チュパッ。んぁぁん。オッパイの間から立ちのぼる我慢汁の匂い、堪りませんっ。んチュチュ……、ピチャッ、クチュチュ……」

生温かい舌先が、唾液をたっぷり垂らしながら俺の尿道口を熱心に舐めまわす。

「わ……、わたし、エッチな小説のパイズリのシーンを読みながら、こんなふうに……。

自分でオッパイ揉みしだきながら……、はあぁっ、オチンチン、舐めてるつもりで舌も動かして……、あぁぁんっ！　そ……、それで、熱く火照ってトロトロに濡れた、オ……、オマンコを、ムチャクチャにイジって感じまくっちゃうんですっ。あぁぁんっ！」

嬌声とともに、由貴の唇から生温かい唾液がトロリと垂れ落ちた。

「んっく……。この、エッチな文章を読んでる、日本中の男の人達が……、あぁぁっ、オチンチン、硬く勃起させて、オッパイに扱かれてるんだって想像しながら……、わたしのオッパイのような、巨乳の感触を妄想しながら、オチンチン握り締めて、激しく扱いてるんだって考えたら……、もう、堪らなくて……。あぁぁんっ！」

唾液でヌルヌルに濡れていく肉棒を、ムッチリとした乳肌が激しく擦りまくる。

「あううぅっ！　恥ずかしい告白をすると、オッパイ、いっそう熱く感じちゃって……、ナ……、ナマの自分の心が、快感に……！」

「フフフッ。わたしの意図が実感としてわかっただろう？　キミのその恥ずかしい告白、わたしのペニスにもジンジン響いて気持ちいいぞ」

「はあぁっ。わたしのエッチな言葉で、オチンチンが感じてくれるのが、嬉しくて……。やあぁんっ！　オッパイ、いっそう熱く感じちゃいます……！　あぁぁ……。もっと、わたしの声で興奮して、我慢汁いっぱい漏らして下さいっ！　ジュルルッ、ピチャ……」

「エロすぎるぞ、片倉さん！　キミのとんでもない正体が、世間にまる見えだ！」

俺が「ワハハッ！」と声高に笑えば、由貴の羞恥心と興奮が際限なく高まる。

「あぁぁっ!? は……、恥ずかしいですけど、見て下さい……！ わたし、こんな……、こんなにいやらしい、エッチな女なんですっ！ はあぁぁんっ。わたしの、この本性を見て、チンチン熱くして、勃起させて……、このパイズリ姿をオカズにして、扱いて、精子出して下さいっ!!」

「いいぞ！ もっと下品な言葉で言え！ 小説のお蔭で、そういう語彙は豊富だろ？」

「はうぅ……。チ……、チンチン……、チンコ……、チンポ……、オチンポ……、シコッて下さいっ！ わたしをズリネタにして、マス掻いて下さい!!」

「うおぉ……！ なかなかチンポに響くじゃないか！ いいぞっ。エロいことを言いながら、オッパイでわたしをイかせろっ！」

頷いた由貴が一心不乱にオッパイを動かして、唾液でベトベトのイチモツをこれでもかと揉み捏ねまくった。

「あぁぁんっ！ パイズリ、気持ちいいです……！ オチンポで、オッパイオナニーしてるみたいで……、あうあぁっ、乳首、ジンジンしますっ！ わたしの、このエッチなオッパイ、見て下さいっ。自分で揉みしだいて、オチンポ擦り立ててる、このオッパイ、目に焼きつけて下さいっ！ あぁぁっ。わたしの、この勃起乳首を見ながら、精液……、スペルマ……、ザ……、ザーメン……、いっぱい出して下さいっ!! はあぁんっ！」

怒張の高ぶりが爆発寸前なのを察してか、由貴はまた舌を伸ばす。

「ピチャクチュ……、チュババッ、ジュルル……。わたしの、この舌の音を聴きながら、ザーメン、ドピュッって出して下さいっ！　んジュルルッ！」

ヒクヒク喘ぐ鈴口をキツくつつかれて、俺はついに我慢の限界に達してしまう。ドクンと跳ねた肉棒の先端から白いマグマが噴き上がった。

「はあぁんっ！　オ……、オッパイの間で、オチンポ弾けてるぅ……！　やあぁっ！」

嬉しそうな声をあげ、オッパイを激しく動かして射精ペニスを強く擦り続ける由貴。

「はうあぁっ！　射精の、ビックンビックンって震えが、オッパイに響いてます……！　あぁぁんっ！　もっとぉっ、オッパイに、ザーメンいっぱいぶっかけて下さいっ!!」

望みどおり、俺は何度も射精して、プリプリとした乳肌を大量の白濁液で汚してやる。

「あぁぁんっ。小説の……、架空の出来事じゃなく、現実に男性が射精してるっ！　わたしのパイズリに興奮して、オシッコの出る穴から、白いザーメン出してる……！　作ったキャラじゃない、ナマの……、現実のわたしに欲情して、現実に存在するチンチンが、ドピュッドピュッて精子を出してるうぅっ!!」

屋上でのパイズリが済むと、俺達はまたもや場所を移した。

由貴から聞きだした、いくつかの好みのシーン。その中から、今度は〈オフィスで立ちバック〉を選択して実行する。

間のいいことに、今の時間、人事部の面々は総務部との合同ミーティングに出ていて、ほんのちょっとの時間だがオフィスが無人になっている。その、ほんのわずか……、十五分程度の隙を衝いて、〈就業時間中にオフィスでセックス〉を実現したのだ！

「くあぁっ⁉　しゅ……、就業時間内のオフィスで、オチンポ入れられるなんて……！」

「これは最高にスリリングだな‼　おらっ。もっとケツをこっちに突きだすんだ！」

「で……、でもっ、さすがに今の時間帯は、危険すぎるのでは……？　ひぃぃんんっ‼」

落ちつきなく身じろぎする由貴が、俺にヴァギナを突かれて快感の声をあげまくる。

「フフフッ。いつ、誰が戻ってくるかわかったものじゃないな……。おらおらっ！」

「んくうぅっ⁉　お……、大声をあげたら、聴かれちゃうっ。ここに入社するために、頑張ってるのに、全部ダメになっちゃう……！　あぁぁんっ！」

いつもより快感を堪えているせいか、コピー機に上半身を預ける由貴の白い尻は、筋トレでもしているかのようにブルブルと震えていた。

「あぁ……。で……、でも、小説を読みながら妄想した、この淫らな光景……。平穏な日常の場に、対照的に浮き彫りにされる、わたしのやらしすぎる心……！　じ、自分のいやらしさが、自分に丸見えになって……、うっくうぅっ⁉　か……、身体中が火照っちゃいますっ！　んくあぁっ！」

「つまり、このシチュエーションが好きだってことは、実は〈さらけだしたい〉願望が強いってことだよな？　それを認めたくないから、混乱してたんだろう？」

「あうぅ……。や……、やっぱり、そうなんですね……？　くはあぁ……。わ……、わたし、本当は、いやらしい自分を、男性に見られたくて……」

「しかも、わたしは妻帯者だぞ？　いわばキミは、不倫チンポを咥え込んでる外道だよ」

愉快で堪らない俺は、「ワハハッ！」と高笑いしながら由貴の尻にパンパン腰をぶつける。

一方の由貴は、背中をゾクゾクと震わせて、結合部から熱い蜜をドクドク漏らした。

「ああぁんっ！　ま……、まっ昼間のオフィスで、不倫チンポをオマンコで味わってるなんて……！　くあぁっ！　わ……、わたしって……、わたしって……、ひっ⁉　い……、いやらしすぎる……！　こんなに淫乱なヘンタイ女が、わたしの正体……。へあぁんっ」

なんらかの心の殻が弾けて、砕け散ったらしい。由貴は今までとは違う、やや白目を剥いた顔で嬉しそうに快感を堪能している。一皮剥けたというか、自分の〈正体〉を自覚して、〈ムッツリドスケベな女の子〉から〈ヘンタイ女〉へ昇格したという印象だ。

「ほおおぉっ！　オマンコ気持ちいいぃっ！　い……、いけないコトをシてるって、思えば思うほど、オマンコ敏感になっひゃうぅっ！　わたしのオマンコ汁の、いやらひい匂いが、オフィスに立ち込めて……、ひやあぁっ⁉　バレひゃう……。見つからなくても、バレひゃうぅんっ！　ついさっきまで、ここでオマンコ汁を垂らしてたヘンタイ女がいたんだって、思われひゃうっ。あへあぁっ！　はひあうあぁっ！」

「どうだっ？　現実社会に生身の自分をさらして生きていく度胸がついてきただろう！」

「は……、はい……！　ナマの自分をさらすと、こんな凄い快感が得られるってことが、わかりまひたからぁっ。ひぃんっ！　マ……、マン汁、止まらない……！　あへぁっ!?　オフィスで、腰を使ってオチンポ貪るエロ女を妄想されて、オナニーされひゃうぅんっ！　オフィマン汁嗅がれて、勃起されひゃうっ。やらひい妄想のネタにされひゃうぅっ!!」

オーガズムに一直線に向かおうと、シンプルかつ力強いストロークで腰を動かす由貴。

「あひぃぃっ!?　イくうぅっ！　まっ昼間のオフィスで、お尻丸出ひにして、イッひゃううううぅっ!!　ひぃぃぃんっ！」

「ヒヒヒッ！　まるっきりポルノ小説だな！　オフィスの床に、マン汁の水溜まりを作りながらイッてしまえっ。おらおらっ！」

俺も由貴の動きに合わせて無我夢中で腰を振り立て、肉棒をパンパンに膨らませた。

「ひあぁっ!?　中出ひされひゃう……！　不倫チンポの、他人の奥さんの精子を、マンコで奪っひゃうぅっ！　あへあぁっ!?　も……、申し訳ないけど……、あぁぁ！　マンコが疼いて、中出ひザーメン欲ひがってるうぅっ!!　くうはぁっ！　わたしのマンコが、中出ひザーメンでイきたがってりゅうぅっ!!　あひぃぃぃんっ！」

ほどなくして、由貴の全身が絶頂で強張った瞬間に、俺は彼女の遠まわしな要望に応えて膣内で思いきり射精した。

3 4 5

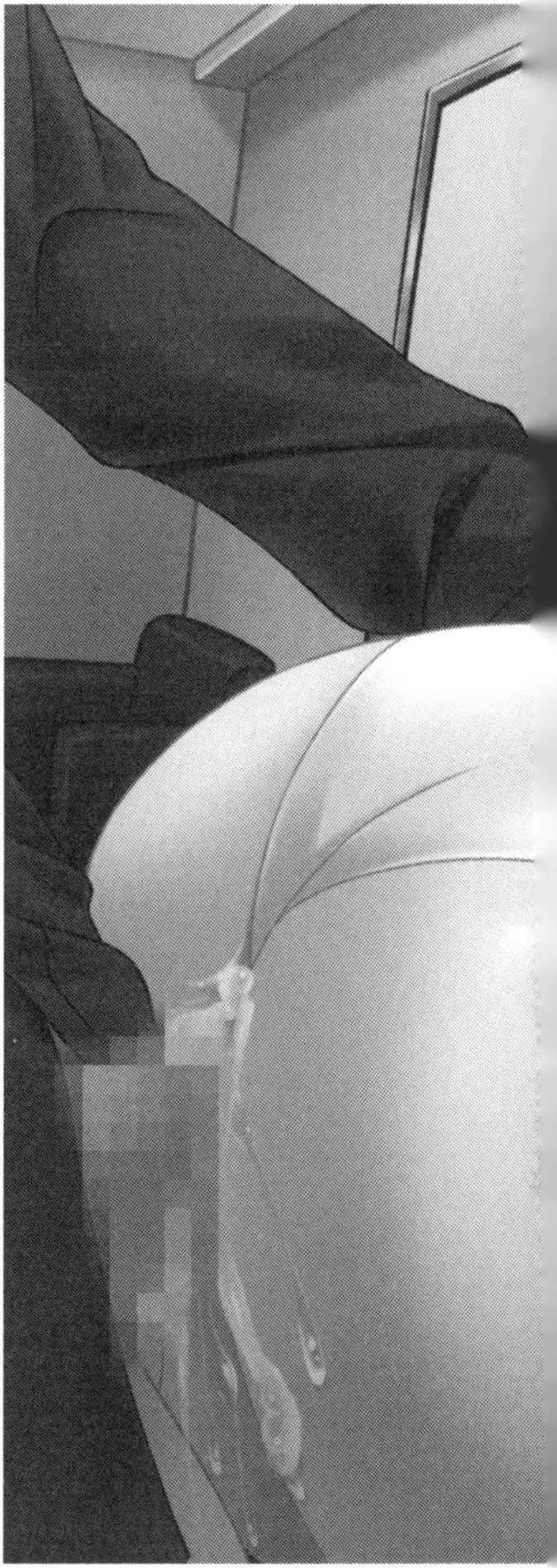

「な……、中出ひチンポ、イくうぅぅぅ～っ！　あへはえあうあああぁぁぁ～っ!!」
グイッと尻を突きだした由貴の、あられもない嬌声がオフィスにこだまする。
「ひぃぃっ!?　ザーメン、子宮に当たっへるうぅっ！　はひやぁっ！　あへあぁんっ！
ドピュッて勢いが、全身を貫いへるうぅっ！　ひぃぃんっ！　な……、中に射精されなが
ら、わたし、お尻を振り立てて、ザーメン搾り取ってるうぅっ！　やぁっ！　やらひす
ぎるうぅっ！　こ……、こんな姿を、見られてひまったら……、あううっ、オ……、オナ
ニーされひゃうっ！　動画撮られて、ズリネタにされひゃうぅんっ！」
身の破滅よりも、そっちのほうが気になるのかよ……。俺は心の中で呆れ、ツッコミを

入れながら、ひとりほくそ笑む。そして、膣内に最後の一滴まで精液を吐きだした。

「あへあぁっ⁉　はあぁっ、はあぁ……。しゅ……、しゅごい……。現実って……、現実に、ナマで触れることの快感って……」

時計の針に追われて官能を貪った俺達は、足もともおぼつかないまま急いでオフィスを出て、小会議室に戻る。そこであらためてお互いの身体の汚れを拭い、俺はまた由貴にアフターピルを与えた。

「あぁぁ……。ま……、また、こうして冷静に戻ってみると……、あうぅ……、恥ずかしすぎて、おかしくなっちゃいそうです……」

「ふぅむ……。それは、新しく目覚めた価値観にまだ慣れていないだけだろう。土日は休みなんだし、家に帰ってから開き直って楽しくオナニーでもすれば、徐々に心が軽くなっていくさ。クヨクヨしないで、楽しく過ごしていいんだぞ？」

「うぅん……。そう……でしょうか……？」

「そうさ。今日キミは、確かに前進したんだ。そのことはわたしが保証するよ」

今夜の由貴のオナニーは、どんな激しいものになるだろう。彼女譲りの淫らな妄想にニヤけながら、俺は帰宅する後ろ姿を見送った。

「ククッ。しっかし、本当に、オフィスにマン汁の匂いが残ってるかもしれないな……」

つまらないミーティングでお疲れの皆様に、ちょっとしたプレゼントだ。

第四章 亜由美と由貴の裏就活

週末になると、俺はまたビジネスホテルに籠った。もう、クサレ妻のいる家に〈帰る〉つもりはない。あんな女のもとへ〈帰る〉なんて、まっぴらごめんだ。

「あと、実質三日か……」

カレンダーを眺め、俺は呟く。この二週間、亜由美と由貴、極上の就活女子大生ふたりそれぞれに淫行調教を繰り返してきた。ふたりとも、80パーセントの仕上がりといったところだろう。残りの20パーセントを埋めるため、俺にとっても亜由美や由貴にとっても、今週はハードなスケジュールになりそうだ。

ことに亜由美は、由貴の調教で一週間もほったらかしである。官能に目覚めた身体は相当に焦れていることだろう。

「ウヒヒッ。月曜は亜由美の仕上げだな。火曜日は由貴。そして、最後の水曜には……」

高まる期待と興奮が、俺の股間を大きく膨らませるのだった。

そうして迎えた月曜日。俺は体調不良と偽って会社を早退し、昼下がりの歓楽街……、それもラブホテルの前で亜由美と待ち合わせた。

呼びだしのメールで指定した時間どおりに、リクルートスーツを身に着けた亜由美が姿を見せる。しかし、場所が場所だ。さすがに不審そうなトゲトゲしい表情をしていた。

「どうして、こんなところに呼びだしたんですか？」

亜由美は反感を剥きだしにしていて、下手なことを言うと今にも帰ってしまいそうだ。

俺は慎重に言葉を選んで口を開く。

「一言で言うと、最終試練のためだ」

「最終……？」

「ああ。キミの〈修行〉は、あと一歩で終わる。もうちょっとだけエロく進歩すれば、入社は間違いないものになるだろう」

途端に、亜由美の表情が嬉しそうに輝いた。

「あ……。そ、そうなんですか？」

「うむ。……で、その最終試練だが……、今、このラブホテルで、最高の人事権を持つ超大物が待っている。そこで、これからキミが接待してくるんだ」

「えっ⁉」

黒い雷雲が見る見るうちに空に広がるが如くに、亜由美の表情が一気に曇った。

「そう心配することはない。〈超大物〉はドスケベだが、フェミニストでもあるから、優しいセックスをしてもらえるはずだ。わたしのように、屋外で卑猥な声をあげさせたりはしないよ。ハハッ」

陽気に笑う俺を、亜由美が困惑した顔で見つめてくる。

まあ、悩むのも当然だ。簡単にできないからこそ〈試練〉なのだ。

「そうでしたか……。〈超大物〉に会えるチャンスを、作っていただいたんですね……。で、できれば、そのご厚意に応えたいんですけど……」

緊張に頬を強張らせ、亜由美が言った。俺は心の中でほくそ笑む。

どうやら〈超大物〉の存在を、すっかり信じ込んでいるようだな。実のところ、そんな人物なんていやしないんだが……。

そもそも、ラブホテルでの接待ということ自体が俺のウソだ。今回の目的は、亜由美に自分の心を掘り下げさせ、煮詰めさせること。悩み苦しみ、考え抜くことによって、ある発見をさせたいのだ。そのために、わざわざこんな場所に呼びだして、キツい選択を強いている。さあて、もっと追いつめてやるか！

「その大物に、キミとの今までのセックスについて話したら、怒られてしまったよ。女性はもっと大切にして可愛がってやれ、とね」

「それって……、酷く偽善的じゃあないですか？　身体での接待を受けようとしている人が、そんなこと……」

不快そうに眉を顰める亜由美。そんな彼女を、俺は突き放す。

「それがどうした？　キミがお世話になる人なんだぞ？　腹を括って、善人ぶったアホの汚い二枚舌で全身を舐めまわしてもらってこい」

「うう……。そっ、そんなこと言われたら……、いっそう、やりづらくなるじゃないですか……！」

ふふん。結構頭に来ているようだな。いいぞ。気持ちの火力をどんどん上げて、自分の心をもっと煮詰めるがいい……。

「まあ、彼の優しさが本物だろうと偽物だろうと、そんなことはどうでもいい。わたしが言いたいのは、彼はキミに、わたしのような高圧的な態度は取らないし、強引に何かをサせたりもしないだろうから、安心しろ……ということだ」

「そうですか……」

亜由美は相変わらず眉を顰めるばかりで、進むにしても退くにしても、決断することができないようだ。どちらにしても、もう一押しが必要なようだな。

「それと、キミはラブホテルという場所に抵抗感があるかもしれないが……、言うなれば〈安全な場所〉なんだぞ？　出入りの瞬間さえ気をつければ、な。今までの、社内でスることにくらべたら、スリルがなさすぎて逆につまらないくらいだ」

俺の言葉に、亜由美は怒りの籠った長いため息をついた。そして、俺の目を見据える。

「もう……、こんないかがわしい場所に立っているだけでも落ち着かないのに、おかしな言い種《ぐさ》を長々と……！　いい加減にして下さいっ‼」

俺は冷笑的に唇を歪めて、鼻で笑ってやった。

「〈いい加減に〉って、何がだ？」

「あ、あなたがわたしを、こんなに……、こんなはしたない女にしたんですよ……！　それなのに……‼　今さらこんな、他人から見られる心配のないような安全な場所で……、優しさを気取った、ぬるいセックスなんてしたくないんです‼」

いよいよだな。感情の爆発が、彼女自身の心を最深部まで掘り下げさせている。

いいぞ！　さあ、お前の本音をすべてさらけだせっ‼

「わたしは、あなたの……パワハラじみたセックスに夢中なんです！　ほかの人とセックスしても不快なだけで、感じることはできませんっ‼　山玉さんと……、あなたとだったら、なんでもっ、どんなコトでもしますからっ、お願いですから入れて下さいっ‼」

ダムの決壊の如く力強く言いきった亜由美は、一秒ほどして不意にハッと我に返った。

「あ……！　あの、今のは……、〈入れて下さい〉っていうのは、会社のことで……！」

恥ずかしそうに慌てて言い繕う亜由美へ、俺は落ち着くようにと手振りする。

「悪かったな……。ここに超大物がいるというのは、ウソだ。俺以外の者とセックスする必要なんてない」

「えっ⁉」

「お前は、セックス大好きなヘンタイ女として、すでに充分に成長しているが、お前自身はそのことに気づいていない。だから……、お前自身に自分の真意を発見させるために、敢えてこんな場所に呼びだして、お前が反発しそうなことを言ったんだ」

亜由美は呆然として言葉を失っていた。全身をワナワナと震わせているが、それは怒りによるものではなさそうだ。

俺は満足して頷き、亜由美の腕を力強く掴む。

「お前は、俺の期待どおりの真意を秘めていた。これから、その心に研ぎを入れて、俺の女として完成させてやろう」

「あ、あの……、仰《おっしゃ》ることが、よくわからないんですけど……？」

「いいから、こっちに来い！」

そのまま強引に亜由美の手を引いて、有無を言わさず近場の公園へと場所を移した。

「こ……、こんな、本当の屋外で、フェラチオなんて……！　ペロペロ……、ピチャッ。クチュクチュ……。確かに〈なんでもします〉とは言ったけど……。どうして、あんなことを言ってしまったのかしら……？　ペチャッ、ペロペロ……」

もうすっかりお馴染みの、怒りの籠った涙目になった亜由美が、遠慮がちな舌遣いで亀頭の先端を舐める。

街中の公園とはいえ、今は周囲に人の気配はなく、行為に及んでいるのは少し奥まった樹木に隠された一角なので、誰かに見つかることはたぶんないだろう。

「フンッ。言葉ではマトモぶってるが、吐息はチンポが蕩けそうなほど熱いぞ？　興奮してるんだろ？」

「こっ、興奮なんて……、するわけがないでしょうっ？　ハッ!?」

ごく近くで小枝を踏み折るような音がし、亜由美はギョッと目を剥いた。俺も思わず音がしたほうへ振り向いたが、人影はどこにもない。どうやら勘違いだったようだ。

「はあぁっ、はあぁ……。こ、こんなはしたない、ヘンタイみたいな姿を見られてしまったら……、完全に破滅だわ……。ピチャクチュ……、チュパッ」

亜由美は不安に身震いしつつも、タイトスカートに包まれた豊満な尻をモゾモゾとくねらせ、悶えさせ始めている。

「んぁぁっ、はぁぁっ。こんな状況なのに、痛そうなほどガチガチに勃起させて……。んチュッ、ピチャ……、チュパチュパッ。こんなヘンタイの下品なオチンチンに奉仕するくらいなら、優しい〈超大物〉のほうがまだよかったわ……。ペロペロ……、ピチャッ」

憎まれ口を叩きながらも、舌の動きはどんどん活発になっていき、カリ首から裏筋まで貪欲な動きで舐めまわしている。

「フフフ。自分の真意を認めたくないようだが、身体は正直だぞ？　本当は、チンポを舐めてる恥ずかしい姿を誰かに見てほしいんだろう？　そして今、興奮しすぎてマンコが疼いてヌルヌルになってるんだろう？　全部お見通しなんだぞ、このヘンタイ女め！」

「くうっ！　な、なんて失礼な……！　わたし、そんな、ヌルヌルになってなんか……。はぁぁっ、あぁぁ……、あむっ。んむむ……、んぐぐっ」

荒い吐息とともに切ない喘ぎ声を洩らした亜由美が、突然大きく口を開き、肉棒全体を頬張って唇でキツく締めつけ、力強い動きで頭を前後させ始める。俺の言葉責めで身体がいっそう火照り、淫乱スイッチが入ってしまったのだろう。

「んむぐっ。ジュル……、ジュブジュブッ！　ぐ……。チュッ、んブジュ……！」

生温かい口の中で、舌が裏筋を擦り立てている。心底ペニスを味わいたくて堪らないという激しい欲求が伝わってくる。
「うおぉ……？　こ、これは、他人に見られたら、お人好しの男が淫乱娘にヤられている
としか思われないぞ！　ワハハッ。このドヘンタイめ！」
言葉責めをお見舞いするが、亜由美は反論するどころか、一心不乱にフェラチオを続け
て強烈なバキュームで俺を翻弄しやがった。
「くうぅ……！　そ、そんなに強く吸引しやがって……。そんなに俺の我慢汁を啜りたい
かっ？　チンポ大好きの淫乱女め！」
「ジュッ、ジュボジュボ……、ブジュルッ！　はうっ。が、我慢汁、美味ひいれすぅ！」
罵るほどに亜由美の動きはパワーアップし、今やイチモツを千切らんばかりに激しく舐
め擦っている。肉棒の根もとを握る手も、射精を促すように全速力で扱《しご》いてくる。
「ぐうぅっ⁉　も、もう、吸いだされてしまう……！　か、顔にぶっかけさせろっ！」
「んはあぁっ。わ、わたしの顔に、ザーメンぶっかけて下さい……！　んむぐぐっ！」
淫らな言葉も交えた凄まじい口撃に、俺は思わず頭がまっ白になり、次の瞬間、ドクン
と脈打った怒張の先端から灼熱の奔流が一気に噴きだした。
「はあぁぁんっ⁉　あやあぁっ、はうあぁっ！　弾けるような凄い勢いで、ザーメン、オ
シッコの穴から、わたしの顔に……！　あぁんっ！」
射精を顔で受け止める亜由美が、唾液でベトベトの肉竿を指で激しく扱き立てる。

「はあぁっ。わ、わたし、こんな場所で、こんなに貪欲に射精チンポ扱いて、自分で顔にザーメンぶちまけさせせてるぅっ！　か、完全に、ヘンタイだわ……！　誰がどう見ても、オチンポとザーメンの大好きな、淫乱女だわっ。はぁぁんっ！」

自分自身を貶める言葉を呟きながら、舌を伸ばして射精中の亀頭を舐めまわし、顔面に飛び散っている精液も舐め取る亜由美。その様は、まさに彼女の言ったとおりだ。

「ペロ……、ピチャピチャっ。んっ。あむっ。ゴクン……、ゴクンッ。んあぁっ。ザーメン、身体に染み込むわ……！」

やがて、俺は精液を出しきった。すると亜由美は、メロメロになって、萎みつつある濡れたペニスを、物足りなそうにクニュクニュとイジりだす。

「んはあぁっ、はあぁ……。ま、まさか、これで終わりだなんて言いませんよね……？」

「当たり前だ。この程度で終わりだと思うなよ？　もっとキツい試練を与えてやるぞ！」

そんな俺の答えに、亜由美は瞳を煌めかせて全身をゾクゾクッと震わせた。

俺が亜由美に課したキツい試練は、スーツとスカートを脱いでベンチに座り、オナニーをしろ……というものだ。

亜由美はいそいそとブラウスとタイツ姿になってベンチに腰を下ろし、ブラウスの胸もとをはだけさせ、タイツの股間を破り裂いて、準備を整える。

「くうぅ……。お、憶えてなさいよ！　このわたしに、こんな恥をかかせるなんて!!」

また涙目になった亜由美が、上目遣いで俺を睨んだ。もっとも、それは演技だ。俺の指示に従っているこの状態を屈辱と思い込むことによって、気分を高めているのだ。

言わば、パワハラのイメージプレイ状態である。

「フンッ。イキがってる暇があるなら、早くヤれよ。フェイグルスに入れてほしいんだろう？　いや？　チンポを入れてほしいんだっけ？」

「ぐうぅ……！　く、悔しいっ！　はあぁっ、はあぁっ、はあぁ……」

オズオズとした指遣いながら、亜由美は自分の敏感な部分をまさぐり始めた。

「おいおい、チマチマやってるんじゃないぞ。普段、家でオナニーする時の、本気の手つきを見せてみろ」

「そんな……！　ひとりエッチなんて、シたコトないし……」

「今さら上品ぶるなよ！　俺の言ったとおりにしないと、このまま放置するからな？」

「わ、わかったわよ……！　くうぅっ！　はあぁっ、あうあぁ……！」

亜由美はブラジャーからこぼれでたオッパイを左手で撫でまわすように揉みしだき、パンツの中に突っ込んだ右手の中指で桃色のヒダヒダを掻き分けて膣内をイジくりだす。

「ほほう。いつも、そんなふうにシてるのか……。なかなかスケべな指遣いだな。お前のオカズに、俺のオナニーのやり方も見せてやろう」

俺は言って、顔射のあとでズボンにしまったイチモツを、生地越しに擦った。

「はうぅ……⁉　じ、自分で、股間の膨らみを……、チンチンを、ズボンの上からモミモミしてる……⁉　はあぁっ、あはあぁ……！」

「俺だけじゃなくて、どこからか誰かが覗き見て、同じようなことをしているかもな」

「ああ……。わたしの恥ずかしい姿をオカズにして、男の人達が、チンチンイジってるのね……！　くあぁっ！　あやあぁんっ！」

自分の言葉に酔いしれる亜由美が、M字開脚した太腿をビクビクわななかせて、豊かにたわむオッパイを力強くグイッと握り締めた。

「ああっ！　わたしのオナニー、見られてる……！　んはっ。こ、この、オッパイを揉みしだくはしたない手つきも……、やあぁんっ！　この、オ、オマンコをまさぐって……、はぅっ、クリトリスをクリクリ擦る、この指遣いも……、全部見られちゃってるぅっ！　は、恥ずかしいのにっ、身体が熱くて……、くあぁっ⁉　び、敏感なトコロが、ジンジンして、切なくて……、あやあぁっ！」

亜由美の吐息も手の動きも俄然熱を帯び、股間からは忙しない水音が洩れ響いている。

「フフフッ。指が大きく動いて、マンコだけでなくケツの穴もチラチラと見え隠れしてるぞ？　それは、わざと見せてるのか？　ケツの穴も、男のズリネタにされたいのか？」

「あうっ！　だ、だってっ、お尻の穴も、男性の視線を感じると、ムズムズ疼いて……、くあぁっ⁉　はあぁ……！　み、見てほしいんです……！　わたしの、このお尻の穴を見ながら、チンチン、気持ちよくイジってほしいんですっ！　やぁぁんっ！」

　太腿をブルブル震わせ、ギュッと掴んだ乳房に指を埋めて、亜由美が妖艶に喚いた。

「お、お願いですっ！　あなたの……、山玉さんのオチンチン、見せて下さいっ！」

「フ……。なぜだ？」

「ああ……！　あなたのオチンチンを……、はあぁっ、扱かれて感じてるチンチンを見ながら、オナニーしたいんですっ！　あうぁっ！　わ、わたしで、コーフンしてくれてる、エッチなオチンポ、オカズにして、オマンコイジりたいんですっ！　はあぁん！」

　熱の籠ったおねだりの言葉を吐きつつ、喰い入るように俺の股間を見つめる亜由美。

「フハハッ！　とんでもない淫乱女だな！　見せてほしければ、認めろ！　さっき自分で言った、お前自身の真意を‼」

「あうう。も、もう、完全にわかってます……！　わたし、山玉さんのパワハラセックスが大好きなんですっ！　ですから……、なんでもシますから……、ああぁんっ！　わたしをオカズに扱いてるオナニーチンポ、見せて下さいっ‼」

「クケケッ。よくぞ言った！　それじゃあ、いくらでも見せてやろう！」

　俺はズボンのチャックを下ろし、力を取り戻した勃起チンポを掴みだした。そのまま、切っ先を亜由美に向けてズリズリと肉竿を扱き立てる。

「あぁぁんっ！　す、すっごく勃起してる！　わたしの恥ずかしい姿で、あんなにコーフンしてくれてる!!　はうぅんっ！　わたしの、この感じてる顔で、乳輪の膨れた勃起乳首で、チラ見えしてるオマンコとお尻の穴で、チンチン扱いてくれてるぅ！　この、オッパイとマンコをイジる、やらしい指遣いを、チンポで味わってくれてる!!　ひぁんっ！」

興奮しているのは亜由美も同じだろう。乳を搾るように肉房を強く揉みしだきながら、膣穴に指を突き入れて乱暴に動かしている。

「あへあぁっ！　い、いつものオナニーと違って、ホンモノのオチンポ見ながらオナニーするのって……、ひあっ!?　しゅ、しゅごいぃっ！　ひぃぃんっ！　オナニー、気持ちいぃっ！　お外で、オマンコ見ながらオナニーするの、凄く感じひゃいましゅうぅっ！」

「フンッ。ホンモノを見ながら……ということは、いつも無修正写真のチンポでも見ながらオナニーしてるのか？」

「はへあぁっ！　しゃ、写真じゃなくて……、あぁぁっ、いつも、あなたのオチンポを想像しながら、オマンコイジってるんれす……。ごめんなさい……！」

この状況でウソを言ってるとは思えない。俺は嬉しくなった。

「ワハハッ!!　よく、こんな屋外で、そんなこっ恥《ぱ》ずかしいことを堂々と言えるな！」

「あう……。だ、だって、恥ずかしいことを言うと、オマンコがいっそう気持ちよくなって……、あひいぃっ!?　はあぁっ、あやあぁんっ！」

今や亜由美は、俺の指示を前向きに受け入れ、自発的かつ積極的に快感を得ている。

「あはぁ……。ふぅっ、はぁっ。そ、それに、わたしがエロいことを言うと、その……、今シコシコ扱いてるチンチンもいっそう気持ちよくなるんれすよね……？」

「ああ。俺の言葉責めで、お前のマンコが熱くなるのと同じだな」

そう俺が言うと、亜由美は嬉々として口を開いた。

「ああぁん！　もっと、やらひいこと言ってあげますからぁ、精子をいっぱい作って、キンタマもっと重くして、気持ちよくシコシコしてくらさい……！　はあぁっ！」

「おお！　〈キンタマ〉とは、よく言ったな。これはチンポに響くぞ！」

「へあぁっ！　ま、まるで、ポルノ作家のような気分……。チンポに響きそうな、やらひい言葉を考えるのが、すっごく愉しいわっ。オ

ナニーチンチンを、気持ちよくさせるのって、すっごくコーフンしちゃう……。はひ！」

亜由美は全身をくねり悶えさせながら、膣穴に差し入れている指を素早く前後させ、熱い蜜を止めどなく溢れさせている。その勢いでは、すぐにイッてしまうだろう。

「ひあぁっ！　イッ、イッひゃいまひゅうぅっ！　こんな場所で、オナニーひてるポコチン見ながら、マンコイジりでイッひゃいましゅうぅっ！」

「フハハッ！　思う存分イくがいい！　お前のそのみっともない姿を、この目に焼きつけてやるぞっ！」

「ひいぃっ!?　イぐっ、イぐうぅ……！　あぁぁ……！　わたしのイッひゃうマンコ、見ててくらさいっ！　はひいあぁっ!?　わ、わたしのみっともないイき顔を、チンポコイジりながら見ててくらさいっ!!　いひいあぁぁっ！」

俺の許可を得た亜由美は、脈打ち喘ぐ男根をじっと見つめたまま、全身をガクガク震わせ、獣じみた絶叫をあげて達した。

「イぐイぐイぐうぅぁあああぁ～っ！　はへあへあやあああああぁぁぁ～っ!!」

「ハハッ。本当に、こんな日中の屋外でイくとはな！　この、ヘンタイマンズリ女め！」

「あひぃんっ！　野外マンズリ、気持ひいぃぃ……！　はひいっ！　あへはやあぁっ！　マス掻きチンポ見ながらイくの、最高れす……！　ひあぁっ!?　あなたの我慢汁に塗《まみ》れた勃起オチンポ、大好きれすうぅっ！　あひあうあぁっ！　な、なんれもシましゅから、わたしのこのマンコに、あなたのオチンポ、入れてくらさいっ！」

俺は、亜由美の絶頂姿を愉しみつつユルユルとイチモツを扱き続けていたのだが、熱く煮え立った愛液の匂いが鼻の奥にまで届き、思わず射精しそうになってしまった。

危ない危ない……。ここで自分で扱いて射精するなんて、もったいなさすぎる！

「よぅし。最後の〈研ぎ〉を入れてやるっ！　四つん這いになれっ！」

いざという時にごまかしが利くようスーツとスカートを身に着けさせ、地面に四つん這いになった亜由美の下腹部から下着ごとタイツを引き下ろす。

亜由美は、やはりまた嫌そうな涙目の表情を作るものの、剛直をすんなり受け入れた。

「くうぅあぁっ!?　わ、わたし、本当に、屋外でセックスしてる……！　いやらしい中年男の下品なチンチンを、オマンコに入れられてるっ！」

「モタモタするな！　自分で尻を動かすんだ！」

「ひ、卑怯だわ……。そうやって、わたしが、自分で好きにやっているように見せかけようと……」

そう亜由美は言うが、もちろん本心じゃない。あくまでプレイだ。ならば俺も。

「フンッ。お前が、フェイグルスを〈起業するまでの腰かけ〉と考えていることを上司に報告してもいいのか？」

「う……！　ほ、本当に卑怯者ね……！　くうぅっ！　はあぁっ、あはあぁっ！　こ、これで、いいんでしょう……？」

亜由美は見せかけの悔しさを口にして、尻を前後に動かし始めた。だが腰かけの件は事実なのだから、イメージプレイに留まらないハラハラ感があるはずだ。

「くうあぁっ！　わ、わたし、こんな、陽の光の下で、丸出しのお尻を振り立てて……、はあっ！　あうっ！　娼婦でもやらないような、とんでもないコトを……！　ああっ。恥ずかしすぎて、身体が燃え上がってしまいそうだわっ。やあぁんっ！」

どんどん上がっていく身体の熱気が、その腰遣いからも感じ取れる。

「フハハッ！　なんだ、その捻りの動きは？　そこまでシろとは、俺は言ってないぞ？」

「くうぅっ！　こ、これは……、あなたを悦ばせないと入社できないから……、仕方なく……。はあぁっ！」

「それにしては、こんなにたっぷりとマン汁を垂れ流して……。ずいぶん気持ちよさそうじゃないか？　おお？」

意地の悪い口調で言い、俺は汗ばんだ手で亜由美の尻を撫でまわした。

「んっあぁんっ!?　わ、わたし、感じてなんか、いませんっ！　くうあぁっ！」

「ウソを言うなよ？　さもないと……」

俺は腰を退いてイチモツを抜くポーズを見せる。あくまでポーズだったのだが、亜由美はすっかり焦って、尻をグイグイ押しつけてきた。

「あぁっ⁉　ま、待って下さい……！　はあぁっ、はあぁ……」

「俺のチンポが欲しければ、本音を全部ぶちまけろ！　自分のすべてをさらけだせ‼」

俺は勢いをつけた腰を前に突きだして、ヴァギナの奥に亀頭をズドンとぶち当てる。

「あひぃぃっ⁉　く……、悔しいけろっ、あなたのパワハラセックスが……、何よりも、心から大好きれすうぅっ！　ひいあぁっ！　あへあぁぁんっ！」

半分白目を剥いたような顔になった亜由美が、尻たぶを俺の腰に打ちつけるほどの勢いで、猛然と腰を振り立てだした。

「も、もう、あなたなしでは生きていけまへんっ！　これからも、ヘンタイセックスをシまくってくらさいっ‼　んへっ！　はひあぁぁっ！　ホントに、なんれも、どんなコトれもシますから……、会社もチンポも、入れてくらさいっ‼　はうっ！　やあうあぁっ！」

亜由美の切実な声が、俺の全身にビリビリ響いて最高に気分がいい。

俺はやり遂げたのだ！　この生意気女を、俺のチンポの虜にしたのだ‼

「よぅし！　もちろん両方入れてやるとも！　チンポも、これからずっと、何度でも入れまくってやるぞ‼」

「あぁぁんっ‼　う、嬉しいれすっ！　もっとオチンポにご奉仕させてくらさいっ‼」

腰をくねらせて自分から力強いピストン運動を続ける亜由美。そんな彼女を見下ろし、俺もウソをつくのをやめた。亜由美に真実を伝える時が来たのだ。

「今だから話してやるが……、上司がお前を不採用にしたがってるとか、ハイレベルな世界では接待セックスが不可欠だとか……、あれは全部、まっ赤なウソなんだぞ？　フェイグルスへの入社を餌にして、お前とヤりまくるための方便だ」

「んくうあぁっ⁉　ほ、本当れすかっ⁉」

驚きからか興奮からか、肉棒を咥え込むヴァギナがギュッと締まった。このタイミングでは、正直に話してもイメプレと勘違いされるかもしれない。

「な、なんて酷い……！　酷すぎて、オマンコ火照って弾けひゃいそう……！　くひぃぃんっ！　な、なんてすっごいパワハラ……。ううっ。全身に、あなたの意地悪の刺激が駆け巡って……、はうっ⁉　オマンコ気持ちいぃぃっ‼」

実際、これだ。いや、亜由美だって最初から薄々勘づいていたのじゃないか？　まあ、今となってはどうでもいいことだ。今の亜由美は、以前の彼女ではないんだからな。

「ワハハッ！　こんなことで感じまくるなんて、お前はホンモノのヘンタイだな！」

「や、やっぱり、山玉さんに……、あなたに出逢えて、よかったれすっ。はへぇ……！　た、ただ普通に、すんなりと就職したら得られなかった、この快感の極致……！　この快感こそが、人生れすうぅっ！」

亜由美は心から嬉しそうに叫び、夢中で腰を振る。これが今の亜由美だ。恐らくは、もう以前の彼女に戻ることはないだろう。だからこそ俺は、亜由美の求めに応じて頷く。

「そこまで言ってくれて、嬉しいぞ！　ああ……。やっぱり、冒険してよかった！　俺はもう、ただのATM男じゃないんだ!!」

俺は感激に胸を熱くしながら、亜由美とリズムを合わせて腰を前後に動かした。

「ひあぁっ!?　イイィ……、イッひゃうぅっ！　野外で、オケツさらして、オマンコズコズコしながら、イッひゃうぅんっ！　へあっ!?　あ、あなたも、イッてくらさい……！　あなたのザーメン、わたしのオマンコに、思いっきりぶち込んでくらさいっ！」

亜由美も全力で尻を振り、グチョグチョに濡れた肉の細道で剛直を激しく擦りまくる。

「フハハッ！　こんな街中《まちなか》で中出しされたいのか！　この、ふしだらな淫乱ヘンタイチンポ好き女めがっ！」

「いひいぃんっ！　わ、わたし……、あひいぃっ、淫乱ヘンタイチンポ好き女なんれしゅうぅ……！　ザーメンも、中に入れてくらさいっ！　あなたの中出しザーメンで、わたしのヘンタイマンコ、イかへてくらさいっ!!　くひいぃっ！」

俺の尿道に熱い快感が突っ疾《ばし》った瞬間、亜由美の尻も大きくブルブルと震動した。

「な、中出ひマンコ、イくううぅああぁ～っ！　んほおおぉああああぁぁ～っ!!」

俺達は同時に絶頂を迎える。精液が迸るたび、亜由美の肢体がビクンと跳ねた。

「んひぃあああぁっ！　射精チンポ気持ひいぃっ！　な、中れ、弾けて暴れて、熱いザーメン、ドクドクって吐き散らかひて……！　んおぅっ！　も、もっと、中に注いれくらさ

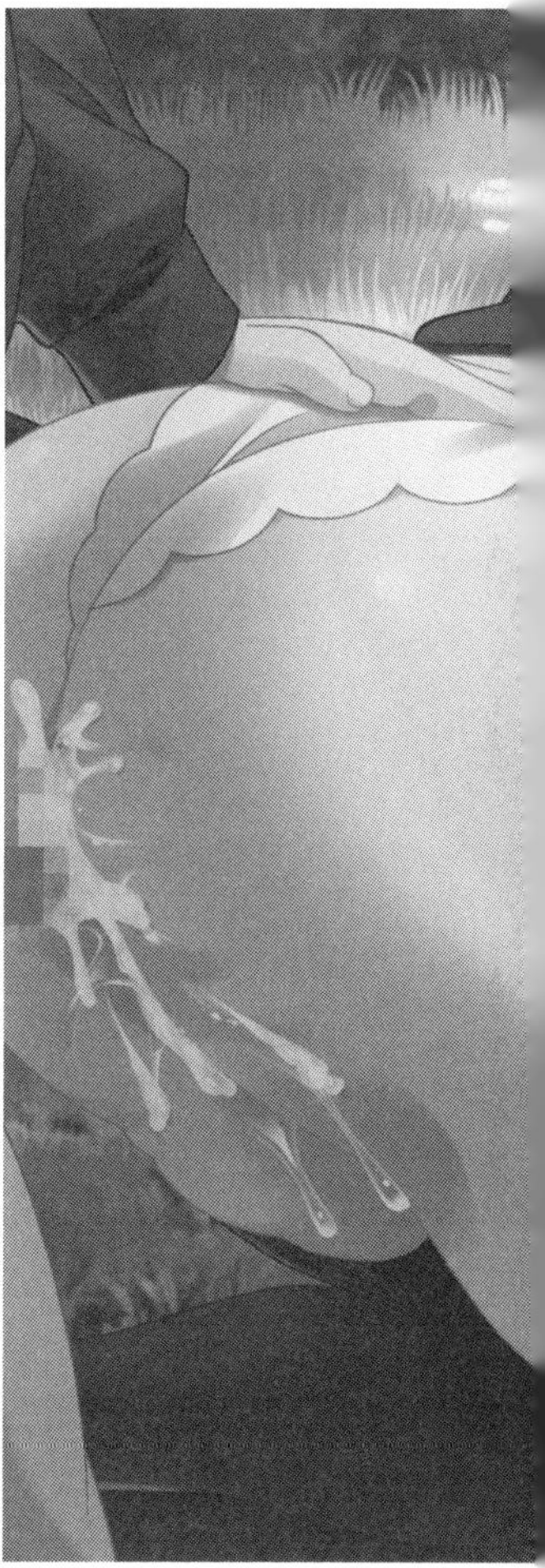

いっ。白いオシッコ、マンコにぶちまけてくらさいっ。んほぁっ！　あへあうあぁっ！」

亜由美はいったん止まった腰をまたも振り立て、生温かい内壁で精液を根こそぎ搾り取らんとするかのように膣全体をザワザワと蠢かしている。

「はひぁっ！　マンコの中が……、身体の中が、すべて、あなたの色に染められていきましゅうぅ……。わたしのすべては、あなたのモノれすうぅっ！　んひぃんっ！　こ、これからも、あなたにすべてを……、わたしのすべてを捧げますうぅ！　ひあああぁっ！」

そうして射精が終わると、お互いの身体が心地よく脱力していく。

「はあぁっ、はあぁっ、はあぁ……。しゅ、しゅごかったれすう……。今までの人生で、一番気持ちよかったれすぅ……」

「フフフッ。俺もだよ。今までよく頑張ったな、亜由美！」

囁いた俺は、亜由美の揺れる腰を愛おしく抱き締めた。

その後、俺達は公園のトイレで身だしなみを整え、歓楽街に引き返す。

「あのう……、今日、これからどうされるんですか？」

「フ……。どうした、そのしおらしい顔は？　お前らしくないぞ？」

「だ、だってぇ……」

チラチラと俺の機嫌を窺う亜由美は、まるっきりウブな少女のようだ。

「お前らしく、無神経なくらいに堂々としてろ。そんなお前だから惚れたんだ」

「あ……！　は、はいっ！　わかりました！」

亜由美の表情が、一気に明るく輝いた。

「じゃあ、ちょっと早い時間だが、俺の行きつけの店に飲みにいくか。そこなら食事もできるから……」

「わあ！　山玉さんの行きつけのお店ですか！　ぜひっ、ぜひご一緒させて下さい！」

「少女のようにはしゃぎやがって……。イメージが壊れるじゃないか」

苦笑する俺の隣で、しょんぼりする亜由美。けれど、すぐに顔を上げて訴えてくる。

「で、でも、今は許して下さい！　わたし、あなたと一緒にお食事できるなんて、本当に嬉しくって……！」

「フ……。しようがないな……」

こうして、亜由美の肉体開発は完了した。もちろん肉体だけでなく、心も完全に掌握した。俺は、人生の本当の喜びというものを、この手に掴んだのだ！

ただし、俺の手は二本ある。まだ片方が空いていた……。

＊　　＊　　＊

亜由美を堕とした翌日。俺は、今回も体調不良と偽って会社を早退し、歓楽街のラブホテルの前へと足を運んだ。もちろん、由貴を堕とすためだ。

呼びだしメールで指定した時間ピッタリに、リクルートスーツ姿の由貴がやってくる。

昨日の亜由美同様、不安げで落ち着きのない様子の由貴が質問してきた。

「ど……、どうして、こんなところに……呼びだしたんですか……？」

その問いの答えは、亜由美にしたのと変わらない。俺は「最後の試練のためだ」と告げて、それをクリアできれば入社は間違いないものになるだろうと説いた。

「え……？　そ……、そうなんですか……⁉　あと、もうちょっとで……」

メガネレンズの奥で由貴の瞳が嬉しそうに煌めく。

さて、ここから先は亜由美とは別だ。由貴用に考えたプランを披露する。

「……で、その最後の試練だが……。このラブホテルには、最新の録画システムが完備されていて、利用者が自由に使うことができる。それを使って、とある大物上司の好みに合わせた最高のエロ映像をふたりで作ろう。それを提出して気に入られれば内定は確実だ」

「え……!? ど……、動画を……撮るんですか……?」

途端に、由貴の頬が不安と緊張で引き攣った。

「ああ。上司と直接セックスするよりは、まだ気が楽なんじゃないか? 映像を外部に流すようなバカなマネをする人でもないし……」

そう言って、俺は由貴にA4コピー用紙の薄い束を渡す。

「これは、その上司が書いた台本だ。このとおりにやればいいんだから楽なものだろう」

手にした台本をパラパラと捲って読む由貴。その表情が、苦々しげに歪んでいく。

「う……、ううぅん……。こ……、これは……、なんていうか……」

「ん……? どうした? わたしが書いた台本じゃないから、遠慮のない感想を言ってもいいんだぞ?」

「あのう……、正直、〈芸術的なエロス〉を笠に着て、中年男性のあさましい性欲を正当化する寒い恋愛映画みたいですね……」

気弱な由貴がそこまで言うのだから、相当嫌がっているのだろう。俺は思わず声をあげて笑ってしまった。

「ワハハッ！　そうだろう？　ロマンティストな文学者気取りの、中年ドリーム丸出しな
〈不倫ながらも優しい愛情溢れるセックス〉だ。男性向けのハードなポルノが好きなキミにはぬるく思えるだろうが、男でも、こういうのが好きな人はいるんだよ」

由貴は渋い顔をして、何やら言いたげにしている。何を言いたいのか、およその想像はつくが、本人の口から言わせるために、俺はきっかけを作ってやった。

「ということで、この程度のぬるいセックスでいいのさ。普段のわたしのやり方に比べたら、どうということはないだろう？」

「あうぅ……。で……、でも……、こんな動画を撮られるのは……、さすがに、あまりに不本意っていうか……」

それでいいんだ。俺は今回、由貴を悩ませるために……、彼女の心をとことん煮詰めさせるために、こんなセッティングをしたのだから。

そもそも、文学者気取りの大物上司など、実在しない。この台本は、俺が創作した小道具にすぎないのだ。由貴の感想そのままの台本をわざと書いたのだから、もしかしたら俺には脚本家としての才能があるのかもしれない。

まあ、売れる脚本を書けるかどうかは別の話だが……。

さあて、もっと心を煮えさせてやるか！

「これまでの言動から、キミには男のズリネタにされたいという欲求が感じられる。今回のことは、その絶好の機会なんじゃないのか？」

「そ……、そういう欲求があることは……、か……、完全に、否定は……しません……けど……。あうぅぅ……」

口籠り、眉を顰める由貴の表情は、いかにも不満げだった。

「ロマンティスト気取りのぬるいセックスは不満だろうが、これも一種の接待だから仕方がない。自分を殺して演技しろ」

「え……？　そ……、それは……、前回仰ったことと、矛盾するのでは？」

「ああ。矛盾してるな。だから、なんだ？　どんな場合にも通用する、絶対的な行動原則なんて、この世にはないんだぞ？」

天才プログラマーのリケジョの指摘を詭弁を弄して斬って捨てる。さすがの由貴もムッとしたようで、低く唸るような息を洩らしている。

理不尽だと腹を立てているのだろうが、それでいいんだ。

「とにかくこの台本、今のキミなら楽勝だろう。パイズリやフェラチオどころか、手コキすらないんだぞ？　完全に受け身で、上品ぶったお人形でいいんだ。単にベッドの上で可愛らしい喘ぎ声をあげて、クネクネ悶えてればいいだけなんだぞ？」

「た……、確かに、そう……です……けど……」

どうにも煮えきらない返事だ。しっかり煮詰まってくれなければ、俺も困る。

そこで俺は、由貴の中の燻りを炎にすべく煽り立ててやった。

「それに、キミの地味めで大人しいキャラは、今ふうのチャラチャラした女の子とは違って〈文芸作品〉向きだから、きっと喜んでもらえるさ。〈俺はロマンティストな文学者なんだ〉というオッサンの寒いナルシシズム……というか、あさましい性欲を美化するには、まさにピッタリさ。ハハッ！」

「あうぅ……！　そ……、そんな……、そんなこと……!!」

気がつけば、由貴の身体がブルブルと震えだしていた。

「ん……？　どうした？」

「も……、もうっ！　どうして、わかってくれないんですかっ？　わたし、そんなごましの正当化は大嫌いです!!」

「ケケッ。〈大人は汚い〉ってやつか？　青臭いな」

「た……、確かに青臭いかもしれませんけど……、でもっ、〈文芸〉だとか〈ロマン〉とか言っても、所詮はオチンチンを気持ちよく扱きたいだけじゃないですか！　それなら、正直に、自分のいやらしさを剥きだしにすればいいんですっ！　女性だって、そのほうが嬉しいんです!!」

来た来たっ。敢えてストレスを与えてやった甲斐があった。今、由貴の感情は爆発し、心の深層が露出している。

「わたしは、あなたの……、パワハラじみたセックスの中毒なんです！　ほかの人の要望に合わせたぬるいセックスなんて、できません!!　あなたと……、山玉さんとなら、どんないやらしいコトでも……、なんでもシますからっ、お願いですから入れて下さい!!」

昨日の亜由美と同じく堰が切れたように感情をぶちまけた由貴も、数秒後には我に返って慌てふためきだした。

「あ……。ああ……、あわわわわ……！　あ……、あのう……、〈中毒〉っていうのは、言葉の綾で……。あの……、〈入れて下さい〉っていうのは……、えっと……、オチンチンじゃなくて、会社のことで……！」

「フフッ。確かに、人間、正直が一番だな……」

微笑んだ俺は、由貴の腕を優しく掴んで落ち着かせる。

「悪かったな……。映像を作って上司に見せるというのはウソだ。そもそも、俺以外の者を接待する必要なんてない」

「え……？」

キョトンとする由貴に、俺は種明かしをしてやった。

「キミは、ヘンタイセックスにどっぷりハマったヘンタイ女として、すでにほぼ完成しているが、キミ自身はそのことに気づいていない。だから……、キミの真意を炙りだすために、敢えてこんな場所に呼びだして、キミが嫌がりそうなことを言ったんだ」

「あ……！　そ……、そんな思惑が……」

俺は「そうだ」と頷いて続ける。

「そしてキミは、俺の期待どおりの真意を秘めていた。これから、その真意を嫌というほど実感させて、俺のオンナとして完成させてやろう」

「え……、えっと……、つまり……、この台本は……？」

「そんなつまらない台本なんか捨てろ！　キミに、そんなオタメごかしマンコなんかさせるつもりはない‼」

そうして俺は、まだ戸惑っている由貴を目の前のラブホテルへと強引に連れ込んだ。

「あぁぁ……。オ……、オチンチン舐めてるこの顔が、動画に撮られてるなんて……。ペロッ、ペチャペチャ……、チュパッ」

ラブホの一室にあるベッドの上で、服を乱した由貴が俺の勃起チンポをしゃぶる。

部屋に備えつけられた〈最新の録画システム〉とは高解像度ビデオカメラのことで、その操作は行為をしながらだと難しい。やむなく俺は、ズームも何もない定位置撮影をすることにした。それでも、由貴の舌遣いはバッチリ写っているはずだ。

「そう遠慮しないで、大胆に舐めろよ。キミのエロさを存分に発揮して、最高に抜ける映像を作ろうじゃないか」

「あううぅ……。そ……、そんなことを言われても……、緊張してしまって……」

「フンッ。ついさっき〈なんでもシますから〉と言ったくせに。あれはウソか？　フェイグルスに入れなくてもいいのか？」

「ううぅ……。ど……、どうして……、あんなことを言ってしまったんだか……。んっ。チュパチュパ……、ピチャクチュッ」

亜由美も似たようなことを言っていたな。それでも、舌の動きを速めて亀頭や棒の裏を力強く舐めまわしていくところまでソックリな展開だ。

「こ……、これって、音も……録られてるんですか？」

「もちろんだ。この動画を見る者が、自分のチンポを舐められてると錯覚するほどの、派手な舌の音を立ててやれ」

「あああぁ……。わたしの、この舌の音を……、チュッ、ピチャッ、男の人が、わたしにフェラチオされてる気分で聴きながら……、オチンチン、シコシコって……」

俺の指示がツボにはまったのか、由貴は吐息の温度を徐々に上げて、舌の音をわざと大きく立て始める。

「んジュルル……、ピチャッ、クチュチュ……。この音、オナニーしてるオチンチンの、どの辺りを舐められてるように感じるんでしょうか……？」

ふと小首を傾げた由貴が、何を思ったか裏筋を重点的に舐めまわしていく。

「こ……、これは、肉の棒の、裏筋を舐める音……。ペロペロ、クチュチュッ。そしてこれは……、オチンチンの表面に浮いてる血管を舌先でなぞる音……。ペチャ、ピチャ」

「なんだ、自分から工夫できるじゃないか。さすがだな、このヘンタイ女め！」

「これは……、あのう……、タ……、タマタマ……、キンタマを、ひとつずつ、吸いつきながら舐《ねぶ》る音……。んジュウゥ……、チュッ、ジュルル！　これは、亀頭と尿道を責め立てて、我慢汁を味わう音……。ピチャクチュ……、チュルルッ、んジュルッ」

由貴はすっかり淫乱モードになっている。

どうやら、撮られているということが見事に興奮に繋がったようだ。

「フハハハッ。いいぞ！　キミのドスケベな本性がバッチリ動画に記録されてるぞ！　おらっ。もっとカメラに見せつけてやれ！」

「はあぁっ、はあぁっ。恥ずかしいのに……、不安なのに……。わたしのいやらしい姿、見てほしくて……、気持ちよくオナニーしてほしくて……。こ……、この、肌に擦りつけてムニュッってなってるオッパイも、勃起乳首も見てほしくて……。ふぅっ。そして……、この映像と同じように、わたしの舌で亀頭の裏側をくすぐられてる気持ちに浸りながら、オチンチンシコシコしてほしくて……。ピチャクチュッ」

譫言《うわごと》のように呟く由貴は、言葉にしたその部位を丹念に舌で擦った。

「あうぅ……。あなたのそのオチンチンが、わたしの口の中にあるんだって思いながら、扱いて下さい……！　あむっ。んぐぐっ！　ジュブジュブ……、グチュル……！」

由貴は硬く反り返った肉棒を一気に頬張って力強く吸い上げ、大きく頭を動かす。

「おおおうっ!?　凄いバキュームだっ！」

「ズジュルル……、ブチュチュッ、ジュブブ……！　オ、オチンチン、もっと激しく扱いて下さい……。グチュチュ……、ズルルッ。んぐぐ……！」

咥えしゃぶる亀頭を時折口から出してカメラ目線でおねだりしてから、またパックリと頬張って唇で扱き立てる由貴。俺の脚に当たって柔らかくたわんだ巨乳は熱く火照り、その乳首は痛そうなほどピンピンに尖っている。

「ジュジュ……、グチュッ、ブジュルルッ！　ああぁん。チンチンイジるの、気持ちいいですか……？　わたしのこの声、亀頭に響いてますか……？　わたし、あなたが今握って扱いてるチンチン想像しながら、このエッチな音を立ててるんですっ。ジュボジュボ！」

うーむ。特に誰とも想定していない架空の観客に、ここまでサービスできるとは……。さすが、オナニー大好きなエロ小説かぶれの妄想娘だけのことはある。

感心しているうちに、俺の下腹にキツい射精欲求が込み上げてきた。

「フフフ……。このまま、キミの貪欲な飲精も見せてやるがいい」

「んジュルッ、ブジュジュ……！　はあぁっ。わ……、わたしが、どんなにザーメンが好きなのか……、いやらしい女なのか……、見ながら、射精して下さいっ。ズチュルゥッ」

トドメとばかりにキツく吸引されて、俺の腰はブルブル震え、熱く火照った亀頭が限界まで膨らんだ。直後、大きく開いた鈴口から大量の粘液が噴き上がる。

「んはあぁっ⁉　こ……、この口の中に、ザーメンいっぱい注いで下さい……‼」

射精のタイミングで由貴が訴えるものだから、脈打って暴れるイチモツは彼女の口の中から抜けでてしまった。お蔭で、大きく開かれた口の中だけでなく、由貴の顔面やメガネにまで白濁液を浴びせることになる。

「はあぁんっ⁉　が……、顔面シャワー……、気持ちいいですっ。ああぁん……！　もっと、全部ぶっかけて下さいっ‼」

由貴は射精中の鈴口に舌を伸ばし、精液をじかに受け止めて口の中へ導いた。

「んっ。んあぁっ。へあぁっ……。ゴクン……、ゴックン！」

カメラとマイクを意識して、大きな音を立てて精液を飲み下す。

「んはあぁぁ……。あ、あなたの……、山玉さんの白いオシッコ、美味しいですぅ……。はあぁっ、はあぁ……。あぁぁ……。こ、今度は、わたしがオナニーをする側に……」

自分で言っておいて、それどころか自ら全裸になって俺が渡したバイブレーターを手にしておきながら、由貴はいきなりうろたえだした。

「あうぅっ。フェラチオはまだしも、オナニーはひとりで密かにするコトなのに……」

「フフッ。ひとりで密かにする時の手つきを、全部映像に収めてやろうじゃないか」

「で……、でも、わたし、道具は初めてですから、どうしたらいい……、くうぁっ⁉」

どうしたらも何も、グイングインとくねり動いているバイブの先端を早速ヴァギナに押し当てる。それだけで、男根を模したシリコンが濡れ開いている膣にヌルリと入り込み、細かく振動している突起がクリトリスに触れるまで咥え込んだ。

「やあぁっ⁉　先端が、くねり動いて……、はあぁっ、中を、掻きまわしてる……！　やあぁぁんっ！　ク……、クリトリスも、ビリビリって震えて、痺れて……！　こ……、こんな刺激……、初めてっ。くあぁんっ！」

「フハハッ。どうだ、感じるだろう？　そのまま没頭して、思いきり感じてみせるんだ」

「あううぅ……。恥ずかしすぎて、没頭なんてできませんっ。はあぁっ、あぁぁ……！」

「ふむ。没頭するには、オカズが足りないかもな」

俺も全裸になり、射精後間もないを半勃ちペニスを由貴に向けてユルユルと扱く。

「ああっ⁉　やっ！　裸のわたしの恥ずかしい姿で、オチンチン扱かれちゃってるっ！　やあぁっ、ああぁ……！」

由貴は頬をまっ赤に染めて身震いし、バイブを握る手をモゾモゾと前後に動かした。

「そんなもんじゃないだろう？　このチンポは、この動画を見てオナニーするであろう男達の代表だ。さあ！　いつものオナニーのように、エロい心を全開にするんだっ‼」

「あううぅ……。でも……、でもっ！」

「カワイコぶるのもほどほどにしろよ。お前が、とんでもないスケベ女だってことは、もうわかりきってるんだからな。まあ、どうしても嫌だと言うのなら、オカズなしで……」

「やあぁっ！　や……、やめないで下さい……！　あなたのオナニー、見せて下さい！」

切羽詰まった様子で叫び、由貴はその手を俄然勢いよく動かしていく。

「あへああぁっ⁉　オ……、オチンチン見ながら、オマンコイジるの……、気持ちいいれすっ。はひぃあぁんっ！」

何かが吹っ切れたかのように、あられもない声をあげて、まるで男のオナニーのような勢いでバイブを握る手を前後に動かす由貴。

「あひぃぃっ!? チ……、チンコのシコシコにリズムを合わへて、バイブをズボズボするの……、ひあぁっ、凄く感じひゃいますっ。いあぁぁんっ！ バ……、バイブって……、くうはぁぁっ、こんなに、凄いモノだったなんて……、やあぁんっ！ 中が、グリグリって、掻きまわされて……！ あうぅぅ……。か……、帰ったら、通販で買おうって決めちゃってる自分が、恥ずかしいですうぅっ。はへあぁぁんっ！ あやあぁっ！」

「ワハハッ！ わざわざ買わなくてもいいんだぞ。それは、お前にくれてやるよ」

「あうぅ……。で……、でも、オナニーオチンポは持って帰れないから、しっかり目に焼きつけておかないと……。んあうあぁっ！ はへあぁぁんっ！」

由貴は俺のイチモツを喰い入るように見つめ、ジュブジュブと激しい音を立ててバイブを動かし続ける。仰向けの上半身でダルンと左右に流れた巨乳がタプンタプン揺れた。

「はあぁぁん……。いつもの……、小説を読みながら妄想するオチンポと違って、ホンモノって……、あへあぁっ、す……、凄くドキドキしますっ。いつものオナニーよりもずっと……、何倍も……、桁違いに気持ちいいれすっ。あひぃぃんっ！ やあぁぁ……。本当に……、現実に、男の人が、わたしをオカズに、先っぽの濡れたナマのチンチン握って、扱いて、オナニーしてるうぅっ！ ひいぃあぁぁんっ！」

心から嬉しそうな声をあげる由貴が、自らいっそう大きく左右に股を開く。

「は……、恥ずかしいれすけど、わたしのオナニーマンコ、見てくらさい！ はひぁっ。

チンポイジりのオカズにしてくらさい！　太いバイブを咥え込んで涎を垂れ流してる、あさまひいわたしのマンコを見ながら、チンポコ扱きまくって下さい……！」

「フハハッ！　そんなにマンコを見られたいのか？」

「あへあぁっ⁉　オ……、オナニーマンコ見られると、全身が熱く膨れ上がって弾けそうなほど感じひゃいますっ。ひっ⁉　オナニー見られるの、サイコーに気持ちいいれす！　く……、悔しいけどっ、あなたの意地悪なパワハラセックス、最高れすっ。あひぃんっ！」

　ストリッパーが観客を挑発するように、由貴は腰を大きくくねらせながら絶頂に向かって激しくバイブを動かした。パンパンに膨れ上がった俺の亀頭をウットリと見つ

め、くねりうねるバイブで膣奥を突きまくる。

「ひぃぃんっ！　イくぅぅっ！　オナニーマンコ、イッひゃいます……！　オチンポオナニーのオカズにされながらぁっ、イッひゃうオマンコ、見ててくらさい‼　ひいあぁっ」

「ああ。バイブオナニーでイッてしまう下品なマンコを、この目に焼きつけてやるよ」

「ひぃっ⁉　チンポイジってる男の人の、やらひい視線がオマンコに突き刺さって……、も……、もう、らめぇぇっ！　イ……、イ……」

不意に、由貴の腰がガクガクと痙攣した。かと思うと、大きく背中をのけ反らす。

「オオオ……、オナニーマンコイくううぅ～っ！　あへあえあうあやあぁぁぁ～っ‼」

オーガズムに達したヴァギナがワナワナと震え、熱い蜜をどっぷりと漏らした。

「オマンコ、見てくらさい……！　あひっ！　この、絶頂マンコ見ながら、ザーメン扱きだしてくらさいっ！　あひゃあぁ……！　オナニー見られるの、気持ひいいぃ……！　わたしのエロさで、男性をオナニーさせるの……、すっごく気持ひいいれすぅっ！　わたしが、どんなにオチンポが好きなエロい女なのか……、全部っ、あまさずっ、動画に撮って、オナニーに使ってくらさいっ‼　ひいぃあぁんっ！」

淫らな心を存分に解放し、由貴の肢体から力が抜けていく。

いよいよ仕上げといくか。

「さて、と……。俺もこのまま射精して、スッキリして終わりとするかな～」

握った肉竿の先端を由貴の顔に向けると、脱力状態の由貴がガバッと顔を上げた。

「え……？　えっ？　ま……、待って……下さいっ！」

「どうした？」

「あううぅ……。い……、入れて下さい……！　その、パンパンに膨らんだオチンポ、わたしのマンコに入れて下さいっ‼」

そう。その言葉が聞きたかったんだよ……。

俺は由貴を愛おしく感じて、彼女に覆い被さりながらこれまでのウソを打ち明ける。

「今だから話してやるが、上司がお前を不採用にしたがってるとか、接待セックスが必要だとか……、あれは全部、まっ赤なウソなんだぞ。フェイグルスへの入社を餌にして、お前とヤリまくるための単なる方便だ。実は、お前の入社はほぼ100パーセント決まりなんだが、お前とヤリたいから、ウソをついてたのさ。ウハハッ！」

邪《よこしま》な笑みを敢えて浮かべ、バイブが抜けたビショビショのワレメをイチモツの裏筋で擦り焦らしての告白。果たして、由貴はどんな反応をするかな？

「はうぅ……！　う……、薄々、そうじゃないかとは思っていたんですけど……、でも、やっぱり酷いですっ！　酷すぎますっ‼　くうはぁぁっ⁉」

クリトリスと裏筋が擦れた途端、由貴が全身をビクビクッと震わせた。いったん白目を剥きかけた由貴は、すぐに気を取り直してかぶりを振る。

「はうぅ……。なんて酷い……、意地悪な、パワハラな……、はふっ、怒りと悔しさが、ムズムズした熱さになって全身を駆け巡って……、あぁ！　あなたのパワハラ、最高です……！　凄く、全身で感じちゃいますっ。これからも、もっと意地悪して下さいっ!!」

言っていることは昨日の亜由美と同じだが、由貴の場合はちょっと違う。由貴は以前の彼女から変わったわけではない。本来の自分を表に出しただけなのだ。

だから俺は言ってやる。

「ほほう？　それは、俺を受け入れてくれるということか？」

「そ……、そんな謙虚な……。こちらから、お願いします！　お願いですから、なんでもシますから、オチンポも、会社も入れて下さいっ!!　あなたに完全にマンコを開きますから、フェイグルスの門戸も、開いて下さい！」

「ウワハハッ！　さすが、ポルノ小説マニア！　よかろう。完全に合格だ。会社にも、チンポも、入れてやろうっ。これからも、ずっとずっと、何度でも入れまくってやるぞ!!」

俺は由貴の手首を掴み、しとどに濡れそぼる膣口に亀頭を押し当てて、肉壺の奥深くまで一気に押し込んだ。

「はうあっ!?　熱い、パンパンなパワハラチンポが、入ってくるぅ！　あひぃぁっ！」

熱く潤ったムニュムニュの柔肉が、俺のモノを抱き締めるように絡みついてくる。クリトリスもクッキリ浮き立つほど勃起し、充血した肉真珠が包皮から顔をのぞかせている。

「あぁぁん……。山玉さんの……、あなたのオチンポ、本当に……、本当に気持ひいいれす……！　バイブなんか、比べものになりまへんっ！」

まるで感涙よろしく熱い愛液が溢れ返るヴァギナを、俺はズンズンと突き貫いた。

「ところで、この動画はウチの妻に見せるからな？」

「え……？　えっ？　ど……、どうひて……？」

由貴が不安げに訝るが、俺は構わず撮影カメラへと顔を向ける。そして……。

「どうだっ！　俺はこんなイイ女を、こんなに好き放題してるんだぞ！　お前なんかより遙かに美人で、若くてグラマーだろっ。もう、お前みたいな、なんの取柄もない中年女は用済みだ！　喜んで離婚してやるよっ。ワハハハーッ!!」

豪快に言い放った俺の言葉で、由貴は合点がいったようだ。

「あぁあぁ……！　な……、なるほど……。そういうことなんれすね？　じゃあ、わたしも協力ひます……」

由貴も少し身体を起こして、カメラへと顔を向けた。

「あぁぁんっ！　あなたのような醜いオバサンは、この人に相応《ふさわ》ひくありませんっ。あなたのみっともない中年ボディでは、このオチンポも勃ちまへんからっ、わたしがいただきますっ!!　あ……、あへぁあああっ！」

由貴は妻と面識はない。顔も容姿も知りはしない。ただ、浮気をされたことしか伝えていない。それでも、俺の言葉の端々から感じたものを、得意のエロ小説のエッセンスで誇張したのだろう。けれど、さすがになかなか秀逸だ。俺は愉快な気分になった。

「ハハハッ！　いいぞ、由貴！　やっぱりお前は最高の女だな！　破滅覚悟で手を出した甲斐があったぞ!!」

いろいろな意味で高ぶる感情のまま、俺は思いっきり力強く腰を振り立てる。

「はひぃいんっ!?　わたしも、あなたに出逢えて……、手を出していただけて、本当に幸せれすっ！　ひぃあっ!?　やあぁぁんっ！　ひ……、ひとりぼっちの……、パソコンオタクの……、オナニーマニアのわたしに、こんなに、オチンポの素晴らしさを教えて下さって……。も……、もう、わたし、あなたなしでは……、あなたのパワハラオチンポなしでは、生きていけまへんっ!!　あへあやあぁっ！」

由貴も思いっきり大きく脚を開いて、俺の肉棒をさも嬉しそうに受け止めている。このヴァギナの熱さは、肉体開発成功の証だ。

「ひあっ!?　ま……、また、イッひゃいます……！　あなたのオチンポで、イッひゃいます！　やあぁんっ！　ま……、また、中に出ひてくらさい……！　あなたのチンポの熱いムズムズ、全部、わたしにぶちまけてくらさいっ!!」

「そうだな。中出しでイッてしまうお前のいやらしい顔も、しっかり撮らないとな」

俺は射精に向けて一心不乱に腰を躍らせ、由貴も今にもイきそうに全身をくねらせる。

「ひあぁっ⁉ わたしのマンコの中れ、熱く勃起したチンポコが、今にも破裂しそうにウズウズしてるうぅっ。あひぃぃんっ！ も……、もう、イかへてくらさい……！ わたしの、このいやらひぃグチョグチョマンコに、白いオシッコ、出してくらさいっ‼」

せがむ由貴は、左右の二の腕を自ら内側に寄せ、巨乳をいっそう強調してみせた。

「ほ……、ほらっ。この、ムッチリと擦れ合ってるやらひぃオッパイ見ながら、中出ししてくらさいっ。ひぃぃあぁっ！」

そんな可愛いおねだりに応え、俺は一際深く亀頭を突き入れる。先端が膣奥にズンッとぶつかったその直後、俺と由貴はともに官能の頂を極めた。

「イイィ……、イくイくイくうぅぅ～っ！ 中出ひぃぃぃあああああぁぁぁぁ～っ‼」

由貴の膣内に思いきり精をぶちまけつつ、俺は激しく腰を動かし続ける。

「ひぃぃぃぃっ⁉ 中出ひザーメン、気持ひぃぃぃっ！ マンコの中れ、ブジュッブジュッて、弾けてるうぅっ！ あひぃぃんっ⁉ 中出ひザーメンが……、はひぃあっ！ 射精チンポに掻きまわされて……、あへぁっ、マンコの中、グジュグジュにっ！ ひぃぃっ⁉」

射精の勢いが衰えても、俺は腰のスピードを落とさず、激しいピストンを繰り返した。

「んおあぁっ⁉ チンポが……、縮みかけたチンポが、また熱く勃起してくっ！ マンコの中れ、勃起してるうぅっ‼」

「フフフ……。ザーメン塗れのエロい肢体も動画に撮ってやらないとな！」

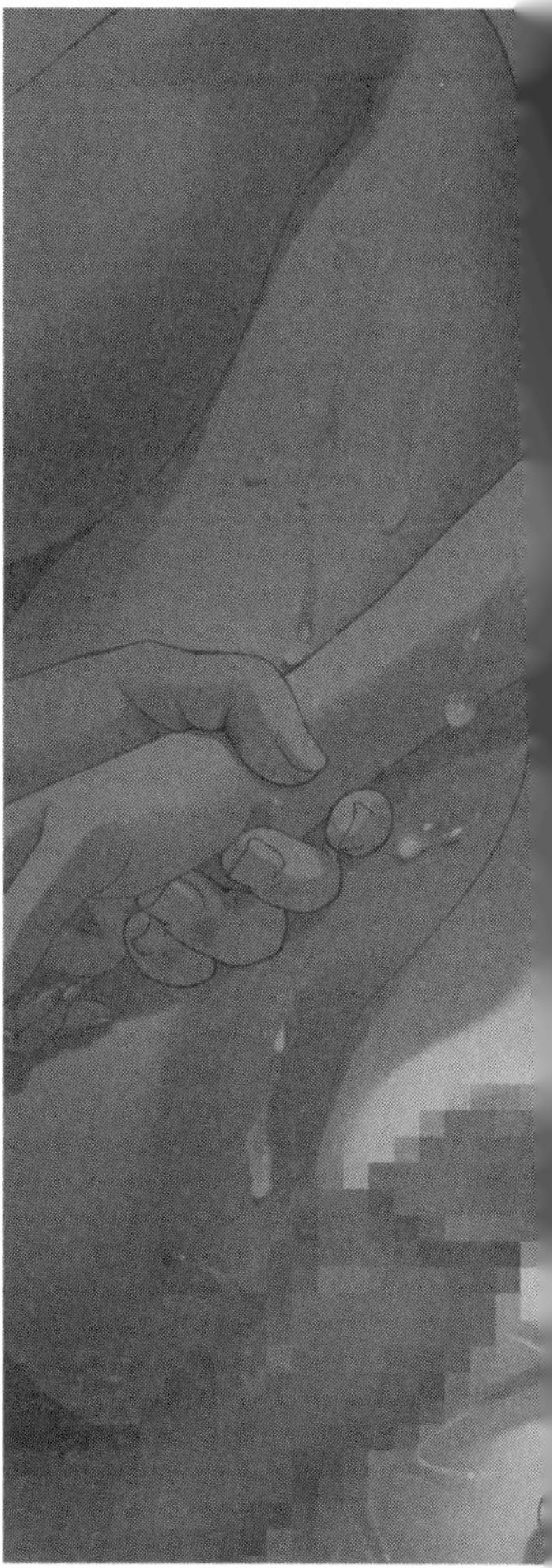

そこで俺は、膣内から素早くイチモツを引き抜き、由貴の身体に狙いを定める。

「そらっ！　出すぞぉぉぉっ‼」

キュッと肛門を締めた直後、怒張が再び盛大に爆ぜた。

「ひいいぃっ⁉　に……、二回目……、やあぁん！　凄い……。こんなに、いっぱい⁉」

続けざまの二発目の射精を肌に受けて、由貴は感激の声をあげた。

「あひやあぁんっ！　身体中に、ザーメンいっぱいっ。中にも……、肌にも……、出ひてもらえるなんて……‼」

ヌメヌメした肉ビラで肉竿を擦り、一滴たりとも残すまいという勢いで射精する俺。

「はうぅんっ。熱く勃起したヌルヌルチンポの先から、白いザーメンがビュルビュルって飛びだす姿、サイコーに胸がキュンキュンします！　ああっ！　もっとっ、わたしの全身を……、わたしのすべてを、あなたのザーメンで染めてくらさいっ！　あひぃぃん！」

やがて、俺がすっかり放出しきると、お互いの身を重ねて息を吐いた。

「あはあぁっ。はぁぁっ、はあああぁぁ……。こ……、この上ない、安らぎの気持ちを感じます……。わたし、自分から完全に解放されました……」

「そうか。今までよく頑張ったな、由貴。お前も、そのエロさで俺を救ってくれたよ」

俺はそっと囁き、自分のザーメンで汚れた由貴のたわわなオッパイに顔を埋めた。

ラブホテルから出ると、空はすでに夕焼けに染まっていた。

「さてと、少し早いが夕食にするか？　この辺りの店なら酒もあるし……」

「わ……！　う……、嬉しいですっ。あなたと一緒にお食事できるなんて……！」

由貴は素直に喜んでくれた。もっとも、気の利いた店に連れていける俺でもない。昨日は亜由美を連れていった、馴染みの店くらいしか思いつかない。

「あー。俺の行きつけの店に行っていいか？　いわゆるダイニングバーなんだが……」

「あ……。はいっ。あなたに連れていっていただけるなら、どんなところでも喜んで！」

本当に喜びいっぱいだな……。とはいえ、由貴が亜由美とのことを知ったら、どんな反応をするだろう？　いや、亜由美にしてもそうだが……。

　思わず修羅場を想像してしまい、俺は内心で頬を引き攣らせる。

「そ、そういえば……」

「はい……？」

「いや、以前お前、〈店員は機械的なほうがいい〉みたいなことを言ってたろう？　俺の行きつけの店だと、店員はお前にも少しは話しかけてくるぞ？　それでもいいのか？」

「あぁ……、むしろ、そのほうが……。あのう……、凄く勝手なことを、言うようですけど……、こうして、一緒にお食事などに行けば、わたしも少しずつ現実社会に対する免疫ができてくると思うんです。ですから……、あ……、あのう、これからも、セックスだけでなく、外にも連れだしていただければ、嬉しいんですけど……」

　自信なさげで遠慮がちに言うその姿が、俺の胸を甘く締めつけた。

　コイツなら、修羅場とは無縁だろう。亜由美にしてもそうだ。ふたりとも俺の女……、俺なしでは生きられない女なんだからな！

「ハハッ！　そんなに遠慮しながら言うなよ。もう、お前は俺の女なんだからな。いくらでも連れだしてやるよ！」

「わ……！　ほ、本当ですかっ？」

「ああ。お前の人生、俺が引き受けてやるよ」

こうして、由貴の肉体開発も完了した。もちろん、肉体だけでなく、心も完全に掴んだのだ。亜由美と同様に。

俺は、自分にとっての偉業を……、人生における真に価値あることをやり遂げたのだ!

＊　＊　＊

4月27日。とうとう、この日がやってきた。

今の俺が、亜由美と由貴を会社で自由に扱える、実質的な最終日だ。

すでにふたりは完堕ち状態だが、俺にはどうしてもやっておくべきことがあった。

一昨日昨日と仮病で早退している俺は、同僚ばかりか部長からも怪訝な目で見られている。だからこそ今日、今後の……、将来のための、一発大逆転となる布石を打つのだ。

当初は、妻の裏切りに対してや、自分自身の置かれた立場、さらにはそんな俺の心を見透かしたような亜由美や由貴に対する鬱憤晴らしとしての淫行調教だった。だが、行為を重ねるうち、俺は自分の中に、ある種の才覚を見出していた。

今の亜由美と由貴が、俺にその才覚が備わっていることの証明だ。そして俺は、亜由美と由貴を根拠として、自分の才覚を将来のために使うという野望をいだき始めていた。

ただし、そのためには、どうしてもクリアしなければならない問題があった。

そう。今日は、俺にとっての〈最後の試練〉と言ってもいい。

昼休みが終わると、俺は部長の許可を得て小会議室を借りきった。そこへ、あらかじめメールを送っておいた、ふたりの特別推薦枠就活生がやってくる。

「はじめまして。十文字亜由美と申します」

「は……、はじめまして……。片倉由貴と申します……」

今日は、亜由美と由貴、ふたりを同時に呼びだして引き合わせた。目的はもちろん、仲よく三人でセックスすることだ。言わば、〈合同面接〉ならぬ〈合同マン接〉だ！

こいつは単なる親睦セックスというだけでなく、俺の将来を左右する重要な儀式でもあるのだが、そのことを亜由美も由貴もまだ知らない。

いずれにしろ、ふたりは、お互いの俺との関係を直感的に察したようで……、ともに態度は穏やかだが、その瞳には対抗意識の炎が燃え盛っていた。

「おい、亜由美。いきなりだが、俺のケツの穴を舐めてもらおうか」

言いながら、俺はズボンのベルトを外し始める。

「えっ⁉　お、お、お尻の……穴……？　男性の？　そんな、本当にいきなりな……！

ていうか、このわたしに、お、お尻の穴を、舐めさせるなんて……‼」

亜由美なら、そう言うだろうと思ったよ。そして、続く由貴の反応も織り込み済み。

「あ……。そ……、それでしたら、わたしにサセて下さい……！」

「なっ⁉　何を言ってるのよ！　彼は〈わたし〉に言ったのよ！」

案の定、ふたりは対抗心剥きだしのまま、競い合うように俺の下半身に取りついた。

「くう……。な、なんだか、凄く不公平だわ……。わたしは、こんな恥ずかしいコトをサせられてるのに、彼女はフェラチオさせてもらえるなんて……」

「そ……、そんな……。同性とはいえ、他人が見てる前でフェラチオするのも、とても恥ずかしいんですよ……。ピチャ、ペチャペチャッ」

亜由美と由貴、ふたりの口調はトゲトゲしく、その愛撫の舌遣いも妙に強張っている。

「そうツンツンせず、仲よくしろよ。共同作業で親睦を深めるんだ」

「うう……。そんなこと言われても……」

「なんだ、亜由美。文句があるなら、もう帰ってもいいぞ？」

「あうっ！　や、やるわよ……！　やればいいんでしょう？　ペロペロ……、ピチャッ」

下半身丸出しで立つ俺のアヌスを亜由美の舌が舐め、屹立するイチモツを握って舌を這わす由貴が興味深げにその様子を覗き込んでいた。

「はううぅ……。じゅ……、十文字さんみたいな綺麗な人が、男性のお尻の穴を舐めてるのって……、はあぁっ、はあぁっ。凄く、ドキドキします……」

「あ、あなただって、そんな真面目そうな顔をして、そんな慣れた舌遣いで、チンチン舐めまわして……。実は、相当経験豊富でしょ？　ピチャピチャッ」

「いやいや。ふたりとも、ついこの間まで処女だったんだぞ？　俺の指導もよかったが、ふたりともドヘンタイの素質があったということだな」

苦笑しながら俺が告げると、亜由美は目を丸くした。

「ウ、ウソッ。あれは、チンチンの感じるところを完全に把握してる、年季の入ったベテランの舐め方だわ……！　はぁぁっ、はぁぁ……」

「だ……、だって、オチンチンが感じてくれると、嬉しいじゃないですか。チュパッ」

そんな由貴の言葉が、亜由美の対抗心をことさらに煽る。

「くう……。わたしも、負けていられないわっ！　ジュルジュルッ、ペロペロ……」

亜由美は、俄然勢いよく舌先に力を込めてアヌスを舐めまわし始めた。その刺激で剛直がますます反り返る。

「あぁぁん……。お尻の穴、気持ちいいんですね？　オチンチンが、いっそう大きく硬くなって、おつゆがいっぱい溢れてます……。ジュルルッ」

「んん……。せ、せっかく、わたしが頑張ってお尻にご奉仕してるんだから、あなたも、もっと頑張っておしゃぶりしなさいよ……！　ジュルル……、クチュッ」

ふたりは競い合うように、それぞれの担当部分を情熱的な舌遣いで舐めまくった。ようやく共同作業らしくなってきたな。

「あぁんっ。男性のお尻の穴が、こんなに可愛いモノだなんて、知らなかったわぁ……」

「はあぁっ。オチンチンが、いつもより気持ちよさそうにピクピクしてて……、ご奉仕するの、楽しいですぅ……。ぺチャぺチャッ」

「フフッ。片倉さんったら。嬉しそうに涎を垂らしながら我慢汁を啜り飲むその顔、本当にいやらしいわぁ……。ピチャッ、チュパッ」

「あうぅ……。十文字さんも、中まで差し入れかねない勢いで男の人のお尻の穴を舐めまわして……。あ……、あとで、思いだしてオナニーしてしまいそうです……」

いつの間にか、ふたりの口調からトゲトゲしさが消えている。

「なるほどね……。雅彦さんが、このコにも手を出した理由がよくわかるわ。わたしにもチンチンがあったら、このコのお口にぶち込みたいもの……」

「え……？　えっ？　そ……、それって……、どういう……？」

「エロすぎるのよ。ウフフ……。んっ。チュルル……、ピチャッ。チュパ……！」

妖しい笑みを浮かべた亜由美がアヌスを責め立て、それに合わせて由貴も唾液塗れの剛直を激しく扱き立てる。

「んはあぁっ。精子の匂いが、先っぽから立ちのぼってますぅ……。あぁんっ。このまま出して、わたしの顔にぶっかけて下さい！」

「んチュッ。お尻の穴、気持ちいいの……？　どれだけいっぱいザーメンが出るのか、期待してドキドキしちゃうわ……」

「あぁ……。お尻の穴をイジられてる男性の射精、凄く期待しちゃいます。はぁぁっ。早く、この顔にかけて下さいっ！」

由貴が貪欲な舌遣いで尿道を舐め啜りながら、最高のスピードで肉棒を擦り上げた。

「ああ……。あの勃起チンポから、精子がドピュッって出て、彼女の顔にぶちまけられるのね……。ピチャ、ジュルルッ！」

思いがけず、アヌスを吸い上げられて、俺の我慢はあっさりと限界を超える。尿道を突き破らんばかりの勢いで噴出した精液が、由貴の顔に飛び散った。

「はぁぁんっ!? あやあぁっ！ こ……、こんな勢い、初めて……！ はぁぁっ！」

「ペチャピチャッ、クチュチュ……。ほらっ。わたしの舌遣いを味わいながら、しっかり出しなさい！ ペロペロッ」

亜由美の熱心な舌遣いがイチモツにゾクゾク響き、射精の快感を何倍にも高めている。

「あぁぁ……。凄い……！　爆発みたいな勢いで、熱いザーメンが飛びついてくるっ。んあぁんっ。ア……、アナル愛撫、凄い……！」

「ンフフッ。わたしの、愛情とテクニックの凄さがわかったかしら？　ペロペロッ」

「んむむっ。ジュルル……、ゴクンッ。ゴックン……。あぁぁ……。いつもより濃厚で、匂いもキツくて……、ザーメン、美味しいですぅ……」

こうして俺は、いったん射精を終えたのだが、肉棒はまだビンビンのままだ。

「さて……。次はどうしようかな？」

「あ……。わ、わたしに入れてくれるわよね？」

「あぁぁん。お願いですっ、わたしのおマンコに入れて下さい！」

そんな亜由美と由貴を連れて、俺は屋上に場所を移した。ふたりは、周囲のビルからの視線を意識して恥じらいつつも、嬉々としてパンツを脱いだ。

そこで、亜由美を下、由貴を上の、シックスナインの体勢をさせ、まずは由貴を貫く。

「へあぁんっ⁉　イッたばかりなのに、すっごく硬くて、太いれすっ。くあぁぁっ！」

「ああ……。他人のオマンコにオチンポが入ってるところ、初めて見たわ。し、しかも、こんな間近で……。はあっ。腰が動くたびに、キンタマ袋の……、キンタマの膨らみがユサユサって、やらしく揺れて……、肉の棒が、どんどんビショ濡れになっていくわ……」

恥ずかしそうな、同時に物欲しそうな亜由美の視線を裏筋に感じつつ、俺は由貴のヴァギナをいきなりズンズンと突きまくる。

「ひあぁっ⁉　おひゃぶりひながら、ジンジン疼いてたオマンコに、チンポが擦れて気持ちいいれすっ。やぁぁんっ！」

「あうっ。す、すっごく気持ちよさそうにオマンコから涎が溢れてる……。くうっ。どうして、わたしがあとなのっ？」

「フフフッ。今日のお前は、ちょっと生意気だからな。お預けだ」

ニヤリと笑って言ってやれば、亜由美が悔しげに顔を顰めた。

「くうっ！　そ、それは、片倉さんとキャラが被らないようにって思って、敢えて……」

もっとも、当の由貴はマイペースに行為を楽しんでいるようだ。

「んジュルル……、ピチャッ、チュパ……。あぁぁ……。オマンコ、初めて舐めひゃいましたっ。十文字さんの……、温かくて、ヌルヌルして、やらひい味ですっ」

「あやぁぁっ⁉　オ、オチンポで突かれながら、オマンコも舐めるなんて……！　あぁぁんっ！　片倉さん、エロすぎるわっ。はぁぁんっ！」

「由貴はエロいだけでなく、優しいんだよ。お返しに、お前もしっかり舐めてやれ」

「あうっ。オチンポの刺さってるオマンコ、舐めるなんて……！　んっ。チュバッ」

なんのかんの言いつつ、亜由美も由貴の下腹部に舌を這わす。

「はうあぁっ⁉　クリトリス、舐められてる……！　オマンコ突かれながら、ペロペロされて……、ひあぁっ⁉　た、堪らないですぅっ！」

「ペチャペチャ……。はあぁん。由貴さんのオマンコ、熱く充血して、ヌチョヌチョに濡れてて、舐めてるだけでも感じちゃう……！」

「あひぁんっ⁉　亜由美さんのオマンコ汁も、啜り飲むたびに身体が熱く火照って……、はあぁんっ、美味しいですうっ！」

気がつけば、亜由美も由貴も親しげに名前で呼び合い、お互いの下の唇と貪欲な接吻を交わしていた。

「ようし。亜由美も素直になってきたな。ご褒美をくれてやろう」

俺はニヤリと笑って、由貴から剛直を引き抜き、亜由美のヴァギナに挿入する。

「あへはあぁっ⁉　や、やっとオチンポが……！　ひあぁんっ！　由貴さんのマン汁でビショビショのチンポが入ってきたわっ！　ひあぁんっ！」

「はわわっ⁉　パンパンに勃起したオチンポが、グチョグチョに濡れ開いたオマンコに突き刺さって、前後に動いて擦ってる……！　ネッチョリ濡れた桃色のビラビラが、オチンポにしゃぶりつくみたいに伸び縮みして、クリトリスの下に尿道口が見え隠れしてるっ」

「あぁんっ！　由貴さんが、わたしのセックスしてるオマンコを間近で見て、オマンコをいっそう熱く火照らせてるっ。ピチャ……、クチュチュッ」

そう言う亜由美のヴァギナもどんどん温度を高めていき、溢れだす愛液が由貴の顎までベトベトに濡らしていた。

「んチュッ。ピチャピチャ……、クチュッ。へあぁんっ。オチンポとオマンコ、同時に舐められて、すっごく興奮しひゃいますぅ……」

「あぁんっ！　グチョグチョのオマンコを目の前で見ながら、舌で味わいながら、セックスするのが、こんなに気持ちいいなんて……！　へあぁんっ！」

「どうだ？　俺がお前達を引き合わせたわけが、わかっただろう？」

ピストンを休めずにニッコリ笑って、ふたりに声をかける。

「は……、はいっ！　お……、女の人のオマンコも、一度くらいは味わってみたいと思ってたんですけど……、あぁんっ、亜由美さんのオマンコ、最高ですっ！」

「わ、わたし、そんなコト、夢にも思ってなかったけどっ、由貴さんのオマンコ、最高にエロくて……、はあぁっ、目覚めちゃったわっ。やあぁんっ！　イッ、イくうぅっ！　オチンポ咥え込んでるやらひいオマンコ、目の前で見られながらイッひゃうわあぁっ！」

「ひいぃんっ!?　わたしも、亜由美さんの指に奥まで掻きまわされて……、ひあぁっ!?　イッひゃうぅっ！　女性のクンニにイかされひゃうぅ……！」

「フフフッ。マンコを、目と舌と指で味わいながらイく快感を覚えるがいい」

凄く幸せな気分になった俺は、亜由美をメチャクチャに突きまくった。

「ひいぃんっ⁉　い、今にもイきそうな勃起クリトリス、由貴さんに舐められて……、あひいぃっ⁉　も、もう、らめぇぇっ！」

「あへあぁっ⁉　ゆ……、指がっ、亜由美さんの指が、今にもイきそうなチンポみたいにメチャクチャに突いてきて……、はひあぁっ⁉　イくっ！　イッひゃうぅっ！」

「さっきは由貴にぶっかけてやったから、今度は亜由美だな……」

　頃合いを見て爆発寸前の怒張を引き抜くと、直後に亜由美と由貴が絶頂を迎える。

「ひぃああぁっ⁉　マンコ、イくうぅっ！　んひああああああぁ～っ‼」

「やあぁっ⁉　指マン、イッひゃやああぁっ！　あおぉあひあああああぁ～っ‼」

　嬌声のハーモニーを愉しみつつ、俺は亜由美の顔面に白濁液をぶっかけた。

「あひぃぃんっ⁉　わたしのマン汁でグチョグチョのチンポが、ザーメン、顔にぶちまけてるうぅっ！　はひいあぁっ！　あやあぁっ！」

「へあぁっ⁉　オルガスムスに達したマンコが、ビクビクッて痙攣してるぅ……！　あはあぁんっ！　はへあぁあぁっ！」

「ああっ！　由貴さんのマン汁に塗れたわたしの顔に熱いザーメンが飛び散って……、ひあぁんっ！　顔中、マンコとチンポの匂いでクラクラするわぁ……」

「はあぁんっ。亜由美さんのマンコの穴……、チンポの太さに広がったままヒクヒクしてるぅ……。こ……、これも、思いだしオナニーしちゃいそう……」

そのまま俺達は、この上ない一体感を味わいながら心地いい脱力感に身を委ねた。

しばらくして、淫らな液体で汚れたふたりの服を大雑把にトイレで洗い、乾くのを待っている間に日が没してしまった。

いや、〈乾くのを待っている間〉というか、服はすでに乾いているのだが、未だにふたりは裸のままで、キャッキャウフフと会話を愉しんでいるのだ。

「亜由美さんの身体って、本当にエロティックですね。その、ただ立ってる姿を見てるだけでも、オナニーしたくなっちゃいます」

「フフッ。あなたの身体もエロすぎるわよ。そのオッパイなんて、服の上から見てもオナニーのオカズにできるわね」

このとおり、ふたりはすっかり仲よくなっていた。今日の顔合わせ3Pイベントは大成功と言えよう。

「フフッ。なんだかレズビアンカップルのようで、邪魔しては悪い雰囲気だな」

「えっ？　そんなことないわよ」

「そうですよ。わたし達ふたりとも、あなたが中心なんですから」

亜由美と由貴それぞれが、眩しい笑顔で俺を見つめてくる。

「ああ。まあ、それはわかってるさ。ふたりとも俺の恋人だもんな！　そう。三人一組のカップルだ」

「ああ！　それって素敵ね！」

「わぁっ。亜由美さんともカップルだなんて、嬉しいです！」

ああ。何もかも、俺の思いどおり……。完璧だ！　あとは、あの憎いクサレ妻を断ち切るだけだっ!!

その先にある、輝かしい未来のためにも！

エピローグ　パーフェクトウィンの美酒

光陰は矢の如くに去っていき、あの、苦しくも愉しかった肉体開発の日々から、すでに一年がすぎた。フェイグルスに入社した亜由美と由貴は、その美貌と能力の高さから、瞬く間に社内のアイドルとなった。

だが、そのふたりが、ことあるごとに俺への敬意を示し、やたらに俺を立てようとするので「怪しい関係なのでは？」と、社内の噂になってしまった。その噂は、すぐに上層部の耳に入り、俺は呼びだされ、詰問されたのだが……。

俺は上層部のジジイどもの前で「わたしは、あのふたりを肉体開発しました」と堂々と告白した。ジジイどもは最初は慌てふためいたが、結局俺の度胸と実際にふたりを堕とした実績が買われ、非公式の〈裏人事部〉が設立されることとなった。

そして俺は、その初代部長に就任した。

〈裏人事部〉とは、女性社員などを開発して幹部に提供するという、俺にとっては最高に楽しい、まさに生き甲斐といえる仕事である。

裏人事部長に就任した際に、俺は上層部に頼んで部下をひとり手に入れた。営業部時代の同僚を裏人事部に異動させたのだ。それが、今では俺の前で土下座ポーズの雑巾がけをする男……、かつての妻の浮気相手、〈ロクくん〉である。

　そいつが浮気相手であることは、かなり早い段階で突き止めていた。裏も取ってある。何せこっちには、天才プログラマーという強い味方がいるのだ。

　俺は、あのクサレ女とはとうに離婚しているのだが、こいつも嫌気がさして別れたそうだ。いつぞや撮影した、あの動画も効果があったらしい。あれを観てから、こいつらはケンカが絶えず、別れた頃にはお互い生傷だらけだったそうだ。

　そんな男を、俺は雑用係としてコキ使っている。女絡みの愉しい仕事は一切させてやらない。社内での生殺与奪《せいさつよだつ》の権は、俺が握っているのだ。

「おい、ロク！　お前、頭《ず》が高いんだよ！　床の雑巾がけは、もっと頭を下げて、ケツをプリッと突き上げてやるんだよ！　ワハハッ！」

「ああぁっ、はあぁ……。か、可哀想ですけど、この人の奥さんを寝取った悪党なんですから、このくらいのお仕置きは当然ですよね……。あぁんっ」

　俺にオッパイを揉まれつつ、オナニーしている由貴が言う。

「んあっ。むしろ、この会社にいられるだけでもありがたく思いなさいよっ。あん！」

　同じく俺にオッパイを揉まれつつ、ヴァギナをイチモツで貫かれている亜由美も言う。

「おいおい。ズボンの前がパンパンに膨らんでるぞ？　勃起しながら雑巾がけとは、不真面目だな！　いや、雑巾がけオナニーとは、悪趣味だぞ！　まあ、お前はもともと悪趣味だからな。俺のお古の、使い古しマンコは旨かったか？」

　ロクは悲しそうに黙って俯《うつむ》いているが、その目は渇望にギラついて、俺が侍《はべ》らす極上の美女ふたりの痴態に釘づけになっている。

「あぁあんっ。やっぱり部長のパワハラは最高ですぅ……。恨みがましくもやらしい視線が、オマンコにビンビン感じちゃうっ！　あうあぁ……！」

「ああっ。せいぜい、わたし達の姿を目に焼きつけてオナニーでもスるのね。ウフフッ。カッコ悪ぅい……。やあぁんっ！」

　由貴と亜由美のふたりは、まるで俺の体の一部であるかのようにサディスティックだ。本来、ふたりとも意地が悪くはないはずなのに、俺の意思を読み取って、痛快なセリフを放ってくれる。

「ワハハッ！　どうだっ、このクサレ間男が！　お前は、俺には絶対に、永遠に勝てないと思い知ったかっ!!」

　ロクはヘコヘコと腰を動かし続け、目尻に涙を浮かべた卑屈な笑みに歪んだ顔で、無言でウンウンと頷くばかりだ。

「そうか……。だがな、もう二度とお古はくれてやらないぞっ？　せいぜいそうやって、生涯這いつくばってマスでも掻いてろ！　ギャハーハハハッ!!」

「ああっ！　雅彦さんのこのオチンポ、世界で一番気持ちいいぃれすっ！　あへあへっ」

「あぁぁんっ。こ……、このオマンコに入れていいのは、雅彦さんの……、あなたのおチンポだけですっ。はひあうあぁっ！　あやあぁっ！」

「あぁぁっ!?　イくうぅっ！　世界一のオチンポに、オマンコ、イかされひゃうぅっ！　はへあへあぁっ！　ザ、ザーメンも、いっぱい出ひてえぇっ!!」

亜由美の求めに応じ、俺はトップスピードで腰を突き上げた。

「ひぃいいぃ……!?　イくっ、イくうあぁぁっ！　もうらめえぇっ！　へあぁっ！　チンポコ気持ひぃいぃあああぁぁぁ～っ！　イぐうぅあひぃぃあああああぁ～っ!!」

「イぐイぐイぐううぅ～っ！　マンズリマンコ、イぐううぅぅぅぅ～っ!!」

重なる絶頂の叫びを全身で味わいながら、俺は亜由美のヴァギナから引き抜く。

「フフフ……。見るがいい！　これが俺の、完全勝利の祝砲だっ!!」

直後、盛大に打ち上がる白濁液。ふたりの肌に熱い高ぶりをぶっかける。

「くひぃっ!?　マ……、マン汁でベトベトの雅彦さんの勃起チンポから、熱いザーメン、いっぱい飛びでてるうぅっ！　ネッチョリ濡れたチンポの先っちょの、縦に割れたエッチな裂けめが、ヒクヒクって悶えて、ドピュッドピュッて白いの出ひてるうぅっ!!」

ポルノ小説のオーソリティ、由貴が高らかに謳いあげる。負けじと、セレブなお嬢様の亜由美も、淫猥な単語を並べ立てて身悶えた。

「ザ、ザーメン出すたびに、キンタマ袋もピクンピクンって震えて悶えて……、あへあぁああっ、す、すっごくやらひいわあぁっ。ひぃいぃんんっ！　しゃ、射精チンポ、大好きいいぃっ！　へあっ！　もっとっ、身体中を白いオシッコでグチョグチョにしてぇぇっ!!」

　そうして、俺達三人は心地よく脱力していく。

「あへっ、へあぁっ、はへあぁ……。きょ、今日も、最高に気持ちよかったわぁ……。これからも、いつまでも、ずっとずっと……、このオマンコにオチンポ入れてね♪」

「へあっ、はあぁ……。わ……、わたしにも、いつまでも、オチンポ入れて下さいね」

「ああ、もちろんだ！　この命が尽きて魂だけになっても、魂のマンコにチンポを入れ続けてやるぞ!!」

　人生の奈落から這い上がった俺は、この上なく充実した黄金の日々を手に入れた。今後も、このふたりと一緒なら、どんなことでもできそうな気がする。これからもずっと、いつまでも、パワハラエロスの快感に満ちた、幸せな人生を送るのだ。

　今日の帰り道、またあの、アルコール度数57度のバーボンを飲もう。今度はきっと、俺の勝利を讃える美酒として、五臓六腑に熱く沁み渡ることだろう。


【END】

布施はるか

Haruka Fuse

オトナ文庫の読者の皆さん、お元気ですか？
布施はるかです。
今回は、『裏就活〜何でもシますから挿入れてください！』
を担当させていただきました。

実はボク、学生時代に就活をした経験がありません。
その一方で、社会人になってから面接官をした経験は
あります。なので、面接中の主人公の心情は、
ちょっとはわかる……かな？
そんな主人公に翻弄される、ふたりのヒロイン。
個人的には、仕事柄もあって、官能小説マニアの由貴が
お気に入りです。もちろん、ツンデレ系の亜由美も
十二分に魅力的ですよね。となれば、主人公が
二兎を追うのも当然の成り行きでしょう（笑）。
ちなみに、今作では主人公の一人称ということで
ヒロインのスリーサイズを数値として記述しません
でしたが、メーカー様の公式発表によれば、
亜由美はB86、W57、H84で、
由貴がB94、W62、H92だそうです。参考までに。

それでは、読者の皆さん、そしてパラダイムの
スタッフの皆さん、少し気が早いですが2017年も
よろしくお願いいたします。よいお年を！

2016年 12月

オトナ文庫

裏就活《うらしゅうかつ》

～何《なん》でもシますから挿入《い》れてください！

2016年 12月 20日　初版第1刷 発行

■著　　者　布施はるか
■イラスト　DAIKICHI
■原　　作　黒雛

発行人：久保田裕
発行元：株式会社パラダイム
〒166-0011
東京都杉並区梅里2-40-19
ワールドビル202
TEL 03-5306-6921

印 刷 所：中央精版印刷株式会社

OB-057